いつか天使が舞い降りる

いその なほこ
ISONO Nahoko

文芸社文庫NEO

目の前に大型トラックが迫ってきた。
大きなクラクションが鳴り、私は恐怖で自転車ごと倒れた。
硬いアスファルトの上に投げ出され、頭を強く打ったような記憶がある。
意識が薄れていく中で見たものは、空に舞う白い羽根。
無数の天使が私の元に舞い降りてきた。

contents

第1章

遅れたスタート

Delayed Start

この学校に入りたい、と強く思った。学校案内のパンフレットを何度も読み、学校や寮生活の紹介動画も繰り返し観た。中高一貫ではないところ、全寮制なところが気に入った。ここなら馴染《なじ》める、そんな希望が生まれた。

そのために受験勉強に力を入れて手に入れた入学の切符。

それなのに。

それなのに……。

五月の連休最終日の午後、母と私は電車をいくつも乗り継ぎ、最後はタクシーに乗って目的地の高校に着いた。校門を抜けて最初に目にしたものは、三角屋根の上に十字架のあるログチャペル。

高校女子寮の前で降ろしてもらうと、玄関にいた数人の生徒がこちらを凝視していた。居心地が悪い。運転手さんが車のトランクから私のスーツケースを取り出したあと、これ見よがしにため息をつき、首を回した。他人の視線と他人のため息に挟まれて、いたたまれない気持ちになる。いつだって中途半端な時期に入って、地味な風貌なのに変な目立ち方をしてしまう。

母は私のスーツケースを押しながら前を歩く。すれ違う生徒に、にこやかに、

「こんにちは」

と挨拶をしている。

「こんにちはー」

少し語尾の伸びた、水分をたっぷり含んでいるような声が複数返ってきた。私は目を合わさないよう下を向いて歩いた。

靴を脱ぎ来客用のスリッパに履き替えていると、玄関の横の「寮監室」と書かれた部屋のドアが開き、白髪交じりのふくよかな女性が出てきた。

「椿《つばき》さんですね？」

「はい、どうぞよろしくお願い致します」

母は深々とお辞儀をした。

「鈴蘭《すずらん》寮の寮監の松田《まつだ》です。よろしくお願いします。真菜《まな》さんの靴箱は、そちらの一番下になります。それから、昨日、荷物が届いたので部屋に運んでおきました」

それはありがとうございます、と母はまた頭を下げた。

「寮長を呼ぶので少し待っていてくださいね」

そう言うとその女性は、

「寮長さん、寮監室前まで来てください」

ゆっくりとした口調で寮内に響く放送をかけた。

「松田先生は、いつもこちらのお部屋にいらっしゃるのですか」

「日中は学校の会議や買い出しに出かけたりもしていますが、夜はこちらの部屋で寝泊まりをしています」

それなら安心です、と母は笑って言った。

「そうそう、真菜さんは携帯電話をお持ちですか?」

私は答えようと口を開きかけたが、

「はい、持たせています」

と母が先に答えた。

「以前お送りした入学の手引きの中に、携帯電話の所持申請書が入っていたと思うのですが……」

「ああ、はい。持っていると思います」

母は慌ててバッグの中からふくらんだ封筒を取り出し、目当ての紙を見つけたが、

「あ、まだサインをしていなくて。すみません」

と言ってまた頭を下げた。

「あとで大丈夫です。そのときに、真菜さんの携帯電話も一緒にお預かりします。もうご存じかと思いますが、携帯電話を使用して良い時間が決められていて、基本的に

は二十一時から二十一時四十五分の間となっています。携帯電話は寮監室で預かっているので、その時間内で使いたいときは取りに来てまた返却することになっています。外出するときや、その他に必要な理由があれば申し出てもらって……」

パタパタパタと足音が聞こえて、髪の毛を後ろで一つに束ねた痩せた女の子がこちらにやって来た。足にはぬいぐるみのようなスリッパ、いやむしろ、スリッパのようなぬいぐるみが存在感を放っている。

「こちら、寮長の三年生の佐生多恵《さおうたえ》さんです。多恵さん、こちら、今日から入寮する一年生の椿真菜さん。それでは、一緒に寮内の案内をします。まずは、荷物を部屋に置きに行きましょうか」

松田先生はそそくさと歩き出した。佐生さんは、私と母に向かって小さく会釈をすると、

「荷物、よかったらお手伝いします」

と言った。

「ありがとう。じゃあ、これをお願いできるかしら？」

母は、来る途中のキオスクで買ったお茶やお菓子が入ったエコバッグを渡した。そして、私に意味深な視線を送った。私はあえてその意味が分からないふりをしたが、考えていることは手にとるように分かる（しっかりした子じゃない？　何かあったら

相談したり助けてもらったりしなさい)。こんなところだろう。

部屋は三階だったので、スーツケースを持って階段を上るのが一苦労だった。来客用の深緑色をした硬いスリッパが何度も脱げそうになった。二人がかりでスーツケースを運び、ようやくたどり着くと、ずらりと部屋のドアが並んだ三階の廊下の真ん中で、松田先生と佐生さんが待っていた。

「三〇七号室になります」

開け放たれたドアから中を覗《のぞ》くと、動画で何度も見た部屋が現れた。二段ベッドが二台部屋の左右に置かれ、ベッドの手前にはロッカー、奥の窓際には勉強机がある。数日前に送った大きな段ボール箱と布団は、ちゃんと私より先に到着していた。

でも、動画とは何かが違っていた。画面の中の部屋はもっとかわいらしい色であふれ、笑顔の女の子が二人、ベッドと椅子《いす》に座っていた。でも、今目の前にある部屋は、右半分は人の気配を少し残していたが、左半分は木のベッドもスチールのロッカーも、殺風景でひどく冷たそうに思えた。

「ルームメイトが今は不在ですが、夕方には戻ってくると思います。三年生の今井《いまい》桜子《さくらこ》さんといって、優しい子ですよ。彼女が右側のベッドやロッカー、机を使っているので、こちらの空いているほうを使ってくださいね」

松田先生は、左側の二段ベッドを叩《たた》きながら言った。私は背中のリュックサックを机の上に置き、ルームメイトの私物を眺めた。下段のベッドにはピンク色の布団が敷かれ、上段にはプラスティックの衣装ケースが置いてあった。机の上は殺風景で電気スタンドが一つ置いてあるだけだ。私が来るから整理したのか、それとも物をあまり持たない人なのか。椅子の背にかけられた紺色のカーディガンからも、人の体温が感じられなかった。唯一、壁に取り付けられた本棚にはたくさんのファイルが置かれていて、そのファイルは角が曲がっていたり破れていたり、頻繁に使用しているものなのだろうと推測できた。

「二段ベッドの下で寝て、上を収納スペースとして活用する子が多いんです。下のベッドであれば、周りをこうやってカーテンで囲えるので、ルームメイトが電気をつけて勉強していても眩《まぶ》しくないと思いますよ」

そう言って先生は、私のベッドにつけられているベージュのカーテンを閉めた。ベッドにはカーテンレールまでついている。

「これ、前の卒業生が置いていったものなので、もし気に入らなければ替えてください」

使う私にではなく、母に対して先生は言った。

「いえ、用意してこなかったので助かります。ね、ありがたく使わせてもらいましょう」

私は無言で頷《うなず》いた。二段ベッドで寝るのは人生初だ。小さい頃はすごく憧れていた。友達の家で二段ベッドを見たとき、ひとりっ子の私にはそれは永遠に手に入らないもののような気がして羨ましくて仕方なかった。

それから私たちは、寮の中を見て回った。自習室にはパソコンが置いてあり、授業などに関する調べものに限り使って良いことになっているらしい。使用する際は、自分の名前と使用した時間をノートに書きこまなければならない。今までいつでも当り前のようにスマホやタブレットを使っていたが、これからはそうはいかなくなる。

トイレは各階にあり、中学校のトイレとよく似ていた。お風呂場の広さには驚いた。松田先生に電話がかかってきたので、寮長の佐生さんが一人で案内をしてくれた。

「お風呂は、午後六時頃から入れるようになっています。シャワーだけでよければ、いつでも使えます。あと、生理中はお風呂には浸からず、あそこの隅にあるシャワーを使います」

佐生さんが指さしたのは、仕切りのある席だった。広い洗い場のほとんどが仕切りのない席だったが、隅に三つだけ仕切りの付いた席があった。

多分、私はいつも生理中であるような顔をしてあそこの席を使うんだろうな、という予感がした。

騒音のする洗濯室にも連れていかれた。脱水をしている最中の洗濯機が激しく音を

立てて揺れている。佐生さんは声を張り上げて、

「洗濯が終わっているのになかなか取りに来ない人もいて、洗濯機がすべて埋まっちゃうこともあるので、そういうときは、人の洗濯物でもかごに出していいことになっています」

と言った。それって、人の下着に触れるということになる。反対に考えれば、自分の下着を摑《つか》んで取り出されるということだ。無理、無理。私は自分の二の腕をぎゅっと摑んだ。

戻ってきた松田先生を加えて今度は冷蔵庫と自動販売機の置いてある部屋に行った。大きな冷蔵庫には油性ペンがぶら下がっていた。中には、自分の名前や印を書いたプリンやヨーグルト、牛乳などがぎっしり入っていた。自動販売機には、お茶や炭酸ジュース、おしるこやコーンスープ、飲むゼリーなど、見たことのない銘柄のものもたくさんあった。

「毎年、寮生が人気投票を行って商品を決めているんですよ」

松田先生は少し得意そうに言った。

「何か聞いておきたいことなどありませんか？」

松田先生の問いかけに母がすぐに反応した。

「あの、食事はどうなっているんでしょうか」

「食事はすべて食堂でいただきます。朝食は六時半から七時半。昼食は十二時半から十三時半。夕食は十七時半から十八時半の間です」

五時半なんて早い時間に夕食を食べたことがない。でも、そういった情報はすべて学校案内で知り得ていたので驚きはしなかった。松田先生の補足をすると、土日や祝日の昼食はお弁当になっていて寮で配られるはずだ。内容は、助六寿司やサンドイッチや焼きそばなど。

「町田《まちだ》先生、松田先生がお見えに……、あ、間違えた。松田先生、町田先生がお見えになっています」

高い笑い声の入った放送がかかった。よく似た名前の二人の先生を間違えて呼んだらしい。

「あ、担任の先生がいらっしゃったようです。談話室に行きましょうか。佐生さん、ここでいいわよ。ありがとうね」

佐生さんはぺこりと頭を下げて、

「じゃあ、失礼します。何か分からないことがあったらいつでも聞いてね」

と言ってくれた。私も慌てて頭を下げて、

「ありがとうございます」

とかすれた声を絞り出した。

寮監室の隣にある談話室に入ると、若い男性教師がソファに座っていた。私たちを見ると立ちあがり、

「こんにちは。一年A組の担任の町田です。よろしくお願いします」

と言った。寮監の松田先生は、私は隣の部屋にいますので、と言ってその場を去った。

「椿です。どうぞよろしくお願いします」

母が頭を下げて、テーブルを挟んで担任の向かいになる場所に座ったので、私もその隣に腰を下ろした。

「真菜さんだよね？　どうぞよろしくね。クラスのみんな、首を長くして待っていたよ」

町田先生は、顔を覗き込むようにして私に言った。教師の常套句《じょうとうく》だ。

「よろしくお願いします」

こういうとき、愛想笑いができたのならどれだけ楽か。

「体調のほうは、もう大丈夫ですか？」

「はい、もうすっかり回復しまして。ご迷惑をおかけしました」

母は大げさに振る舞った。

「今後もし体調がすぐれなければ、寮監や学校の保健室の先生に言ってください。必

要であれば病院に連れていってもらえます」

私は町田先生から目をそらして頷いてみせた。

「それから、これ。制服と体操服と上履き。一度、サイズを確認してもらえるかな」

先生は、テーブルの上に置かれた箱と袋を私のほうへ少し押してきた。私は、服についているタグでサイズを確認すると、

「大丈夫です」

と小さな声で言った。

「制服を着るのは、行事のときだけなんですよね？」

母の質問に、

「はい。入学式、卒業式、始業式、終業式くらいですね。あとは私服になりますが、華美なもの、露出度の高いものは控えるようにとなっています」

と先生は答えた。もともと出番の少ない制服なのに、さらにその機会を一回減らしてしまった。

「教科書は明日学校で渡すね。とりあえず明日の朝は、職員室まで来てくれるかな」

私は、はい、と答えた。

それからは、書類の手続きだった。母が住所や名前を何枚もの書類に書きこんで印鑑を押すのをぼんやり眺めた。

記入を終え、母が丸まっていた背中を伸ばすと唐突に切り出した。

「先生、お若く見えますけど、こちらの学校は長いんですか？」

母の声は、浮かれているようにも聞こえるし不満気にも聞こえる。

「いや、まだ二年目なんです。大学を卒業したあと、留学していたので年はもう二十六なんですけど、まだ経験は浅くて。三年生の生徒に色々教えてもらっています」

先生は申し訳なさそうに言った。あまり頼りにはならないだろうが、悪い人ではなさそうだと思った。今日は連休最終日なのに、私のために休日出勤をしているのかと思うとこちらのほうが申し訳なく思った。

部屋に戻ると、母が着てみろとうるさいので制服を着た。濃紺のブレザーにグレーのジャンパースカート、白シャツに茜色のネクタイだ。ネクタイの結び方は母に教えてもらった。母は嬉《うれ》しそうに何枚か写真を撮った。ウエストが少し大きかったので、母がホックの位置を付け替えてくれた。

「これからはボタンが取れたりしても、自分でやらなきゃいけないのよ。できる？今まではお母さんがやってあげたけど、そうはいかなくなるんだから」

母は針と糸を持つと、なぜかいつも恩着せがましい台詞《せりふ》を言い出す。でも、私は母が得意気な顔で針を剣のようにふりかざすことのできる機会を作ってあげているのだ。

それから二人で荷解きをした。段ボール箱の中身は、シャンプー・リンス、タオルなどの生活用品と、文房具、それに数十冊の文庫本と漫画だ。私はスーツケースから服や下着を取り出し、ロッカーに収納した。母は新しい羽毛布団にカバーを取り付けている。

「どう？　大丈夫？　やっていけそう？」

疲れた表情の母がこちらを見もしないで聞いてきた。

「大丈夫だからもう帰っていいよ。あとは自分でやる」

私は気丈に、いや、ぶっきらぼうにそう言った。

「そう。じゃあ、遅くなっちゃうからもう行くね。あ、携帯電話の申請書を書かないといけないわね。えっと、申請理由？　何を書けばいいの？」

母は自分のスマホを取り出して検索した。娘の携帯電話所持申請の理由、その答えは目の前の娘にではなく、スマホの中にあると思っているようだ。

「んー、連絡手段として、でいいか」

つぶやきながらそう書いていた。それからベランダを見ると、

「ルームメイトの洗濯物、湿気《しけ》ちゃうわね。取り込んであげようかしら」

と言うので、慌てて、

「やめてよ。余計なことしないほうがいいよ」

と言った。私だったら、知らない人に洗濯物を取り込まれるなんて絶対にいやだ。

母を見送りに玄関まで行った。寮監室のドアをノックし、出てきた松田先生に携帯電話所持申請書を確認してもらった。そして、私のスマホも電源を落として渡した。松田先生は、用意していた私の名前シールが貼られたジップロックの中に、慣れ親しんだ私のスマホを入れた。

「じゃあ、お預かりします。必要があれば夜の九時以降に取りに来てね」

何だか自分の一部が引き離されたような気がして心細くなった。

母は靴を履くと、

「じゃあ、どうぞよろしくお願いします」

と言って松田先生に頭を下げた。母は今日一日で、一体何回頭を下げたのだろう。

「じゃあ、真菜ちゃん、元気でね」

手配したタクシーが校門の前まで来る。そこまで送っていこうと思ったが、ここで大丈夫だから、早く片づけを終わらせちゃいなさい、と言われた。

私は部屋に戻った。静かだった。窓を開けてベランダを見ると、ルームメイトの洗濯物が風に揺れている。コンクリートの床の上には、逆さになった洗面器とシャンプーボトルなどが置いてあった。隣の部屋から話し声と笑い声が聞こえてきたので、私は音を立てないように窓を閉めた。

机の上を見ると、母の手帳が置いてあった。

「あ」

まだ間に合うかもしれないと思い、私はリュックサックの中のスマホを捜した。けれど途中で、さっき寮監室に預けたことを思い出して手を止めた。

母の薄っぺらい手帳を開いた。あまり書き込まれてはいない。今日の日付のところには、新幹線の時刻などが書いてあった。そして、明日のところには「十時病院」とあった。私はパラパラとめくって来年の三月二十四日を見た。「マナ十六才」という文字と大きなハートが書いてあった。

私は手帳を閉じると、まだ何も入っていない引き出しの一番上にしまった。これからはもう簡単には連絡が取れない。それを改めて思い知った。

段ボール箱の中から目覚まし時計を取り出し、電池を入れて時刻を合わせようとしたが、今が何時なのか分からない。部屋を見回したが時計はなかった。いつも時刻はスマホで確認している。腕時計は好きではないのでつけてはいないが、筆箱の中に入れておいたはずだ。引っ張り出して見ると、もうすぐ五時だった。夕食は五時半からだ。どうしよう。一人で食堂に行って食事をとるべきか。それほどお腹は空いていないし、お菓子も残っているし、食べに行かなくてもいいかな。私は食堂に行かなくてもいい理由を探した。

五時半になったとき、部屋のドアが開いた。私は身を硬くした。ルームメイトが戻ってきたと思ったのだが、ぬいぐるみスリッパを履いた寮長の佐生さんだった。

「食堂、一緒に行く？」

私はちょっと面食らった。まさか呼びに来てもらえるとは思っていなかった。松田先生から言われて仕方なく来たのだろうか。それともかわいそうに思ってのことだろうか。私は誘いに応じたほうが良いのだろうか。それとも断るのが正解なのか。一瞬にしてあれこれ考え、そして、

「はい」

と小さな声で答えた。待たせるのは悪いのですぐに行きたかったのだが、少し周りを見回してから、

「あの、何か持っていくものはありますか」

と聞いた。家にいれば、外出するときは鍵や財布にスマホなどが必要だ。

「ううん。何も必要ないよ」

「あの、お金ってみんなどうしてるんですか？」

鍵もかからない部屋に、大金を残しておくのは少し心配だった。大金といってもそれほどあるわけではないのだが、三か月分のお小遣いと帰省日の交通費を渡されたので、私の今までの人生で最高額の現金が財布に入っている。

「ある程度は手元に残しておくけど、大きなお金は寮監室に預けてるよ。もし預ける

なら食事の前に行く？」
私は頷いた。寮長という大役を任されるだけあって面倒見の良い人だ。
寮監室で、茶封筒の中に帰省日の交通費をしまい、自分の名前と金額を記入すると
ホッチキスで閉じた。松田先生が鍵のついたロッカーにそれをしまうのを眺めながら、
寮から脱走したくなったときは、あのロッカーをこじあけてお金とスマホを手に入れ
なくてはならない、などと考えていた。
食堂は寮とは違う建物で、歩いて三十秒くらいの場所にあった。男子が小走りで私
たちを追い抜いていく。その背中を見ながら、本当に男子もいるんだなと思った。学
校案内のパンフレットによると、女子寮と男子寮は少し離れた場所に建っているよう
だ。女子寮の中だけにいると、まるで女子校に来たような感覚になった。
佐生さんのあとに続いて食堂に入り、佐生さんの真似をしてトレイと箸を取った。
夕食はコロッケとサラダだった。佐生さんはコップを二つ取り、私の分まで冷たいお
茶をいれてくれた。
「ご飯かパンか選べるよ」
と言われたので、私はご飯を少なめに盛り付け、空いている席に二人で向かい合わ
せに座った。周囲の視線を感じる。
私は怖くて、周りを見ないようにしていた。食べ物の味が分からず飲み込みづらい。

でも、ふと佐生さんのトレイを見ると、おかずとお茶のほかには何もないのに気づいた。

「あの、佐生さんは、ご飯もパンも食べないんですか」

「うん。夜はおかずだけにしてるの。すぐ太っちゃうから」

でも、箸を持つ佐生さんの体はとても華奢《きゃしゃ》だった。そして、ご飯もパンも取らないという選択肢があったのなら、私も今日はそうしたかった。そう思いながら、無理やりご飯を飲み込んだ。

食事を終えて寮に戻ると、佐生さんは務めを果たしたような顔で言った。

「じゃあね。お風呂、なるべく早めに入ったほうがいいよ。六時半くらいから混んでくるから」

「はい。ありがとうございました」

もう六時を過ぎていたので、私は部屋に戻ると慌てて洗面器にシャンプーなどを突っ込み、タオルを持ってお風呂場に向かった。脱衣室に入るとたくさんの生徒がいた。おしゃべりに夢中になりながら、ためらうことなく服を次々と脱いでいる。私は隅で小さくなってゆっくり服を脱いだ。そして、生理中に使う仕切りのついたシャワー席でそそくさと髪と身体を洗い、温かそうな広い湯舟には浸からずお風呂場から出た。

濡れた髪のまま部屋に戻ると、私は掃除道具入れと書かれたロッカーを開けた。ほうきやちりとりの入ったこのロッカーの中に、ドライヤーがあるのをさっき見つけたのだ。他にもアイロンや古新聞などが入っていた。椅子に座ってドライヤーで髪を乾かしていると、どっと疲れが出てくるのを感じた。

七時から九時は「自習時間」となっている。教科書も何も持っていないので、することがない。一か月スタートが遅れたことによって、勉強についていけるかどうか不安ではあった。でもだからといって、どうしようもない。

私は、本棚に並べた本を眺めた。お気に入りの作家の本はすべて持ってきた。スマホという娯楽のない生活で生き抜くために、話題の本もジャンルを問わず購入してきた。その中から、普段あまり読むことのないミステリー小説を手にしてパラパラとページをめくった。

突然、廊下が騒がしくなった。部屋のドアをバタンと閉める音やバタバタと走る音が聞こえてくる。いつの間にか小説に引き込まれ読みふけっていたようで、時計を見ると針は九時を指していた。私もスマホを取りに寮監室に行った。寮監室の前では列ができていた。並んでいる生徒のほとんどはパジャマ姿だった。松田先生からスマホを受け取ると、私は急いで部屋に戻って電源を入れた。母からメッセージが来ていた。数分前に来たばかりだった。

「無事に家に着きました。そちらはどうですか？　ご飯は食べた？」

私は、「食べたよ」と返信した。すぐに既読になり、「よかった。ゆっくり休んでね」と来たので、「手帳、忘れてるよ」と送った。すると電話がかかってきた。一呼吸おいてから私は電話に出た。

「もしもし、真菜ちゃん。お母さん、手帳忘れちゃったんだね。今気づいた」

ため息交じりの母の声だった。

「どうすればいい？　送ろうか？」

「ううん。大丈夫。夏休みに持って帰ってきて」

「分かった」

「どう？　ルームメイトには会った？」

「ううん。まだ」

「まだなの？」

「うん」

私は、この貴重な時間を母との電話だけで費やしたくはなかった。

「また明日、メッセージ送るね」

「うん。おやすみ。早く寝るんだよ」

母はそう言って切ってくれた。私は、すぐにゲームアプリを開いた。毎日のようにプレイしているゲームが二つある。一つはパズルゲームで、ゲームを進めていくとどんどん謎《なぞ》が解決するものだ。もう一つは、受験が終わってから始めたもので、かわいいどうぶつの登場するもの。アイテムを集めて毎日を楽しく生きていく、というのんびりしたゲーム。私はベッドの上で、壁に枕を立てかけて楽な姿勢を取ってスマホを操作した。

突然、ガチャッと音が鳴り部屋のドアが開いた。私は完全に油断していたので、心臓がはね上がるほど驚いてしまった。

色白で、ふわふわした茶色の髪をしたお人形さんのようにかわいらしい人が入ってきた。その人は茶色の瞳で私を真っすぐに見ると、

「にゃ、こんばんわ～」

と拍子抜けするほど能天気な感じであいさつをした。顔と声が合っていない、最初に発した「にゃ」は何だろう、と思いながら、

「こんばんは、あの、私」

私はベッドから立ち上がると、しどろもどろになりながらも自分の名前を口にして、よろしくお願いしますと言って軽く頭を下げた。

「私、桜子。ほとんど部屋にいないんだけど、よろしくね」

桜子さんは、ろっこんしょっと言って重そうなバッグを机の上に置くと、夜のベランダに出て洗濯物を取り込んだ。少し冷たい風が部屋の中に流れ込んできた。湿気て

いるだろう洗濯物を布団の上にハンガーごと投げると、慣れた様子で洗面器とタオルとパジャマを抱え、

「じゃねー。シャワー浴びてくる」

と言って部屋を出ていった。時計を見ると九時半だった。寮の門限時刻だ。聞きたいことは色々あった。ゴミはどこに捨てに行けばいいのか。少し使っただけの濡れたタオルはどこにかければいいのか。洗濯物は取り込んでおいてほしかったのか。それよりも、ルームメイトがどんな人なのかを知りたかった。でも、つかみどころのない人だった。とりあえず、私に対して何の関心も抱いていないというのはよく理解できた。

（あ、やば）

スマホ。私は電源を切って寮監室に返却しに行った。自分のスマホなのに、返却というのは何かおかしい。トイレに寄ってから部屋に戻ると、驚いたことに桜子さんがもう部屋にいた。この短時間でどうやったらシャワーが浴びられるのだろう。かわいらしい花柄のパジャマ姿で、豪快に髪を乾かしていた。仁王立ちになって頭を下に向け、腕を大きく振りながら力仕事のようにドライヤーを当てている。口には歯ブラシをくわえていた。私は、明日学校に着ていく服や持っていく物を用意しながら、桜子さんの様子を盗み見ていた。桜子さんはドライヤーを止めると、ボサボサの髪のまま

ベランダに出て洗面器を干し、濡れたタオルをハンガーにかけてベッドの端に吊《つ》り下げた。

「消灯時間になりました。おやすみなさい」

寮内放送がかかった。時計を見ると十時だった。

「消ふねー」

と言って、歯ブラシをくわえたままの桜子さんが部屋の電気を消した。そして、机の電気スタンドをつけた。

私はもやもやした気持ちのまま、ベッドの周りのカーテンを閉め、布団に潜り込んだ。新品の羽毛布団は頼りないほど軽かった。天井が近い。いや、天井ではなく上のベッドの床板なんだから当たり前だ。狭い空間には柔らかい光だけが入ってくる。十時にベッドに入るなんて何年ぶりだろう。小学生以来かもしれない。疲れてはいたが、目は冴えていた。

忙しい一日だった。この一か月、特に何をするでもなく過ごしていたから余計にそう思うのかもしれない。本当だったら、一か月前にこの生活を始めていたはずだ。そのときなら、みんなと同じようにスタートを切り、右も左も分からない同級生と助け合い励まし合いながら同じ気持ちを共有していただろう。

父親の海外赴任に伴って四年間を過ごしたアメリカから帰国し、三年生から通うことになった中学校は、最初の一か月はとにかく辛抱だと我慢した。そのうちきっと慣れる、友達もできる、居心地も良くなるはずだと思った。でも、いつまでたっても慣れることはなく、友達もできず、居心地は悪くなる一方だった。早く逃げ出したかった。

高校は、みんなと同じ地点に立ってスタートを切りたかった。だから、中学校からエスカレーター式で入ってくる生徒の多い学校は嫌だった。見知らぬ土地でやり直したい気持ちも強かったから、家から離れている学校が魅力的に思えた。英語教育に力を入れている全寮制の高校は、帰国子女や両親が海外赴任中などの生徒が多い。私と同じような、転校を繰り返すことを余儀なくされた生徒もきっと少なくないはずだ。やり直したい。今度こそは居場所を作って、引っ越しに振り回されることなく三年間の高校生活を完遂させたい。

アメリカでも日本でも散々味わったアウェイな感じにはもう懲り懲りで、この学校を選んだのに。それなのに……。なぜまた一人ぼっちになってしまったのだろう。誰もいない家に一人でいるときより、近くに人の気配がするこの部屋にいるほうが余計に寂しさを感じる。何で私はここにいるんだろう。

第2章

ジャンヌ・ダルク

Joan of Arc

久しぶりに事故の夢を見た。小学三年生のとき、自転車で家の近所の大通りを渡ろうとしたところを右折してきたトラックに轢《ひ》かれそうになった。慌てたトラックは横転し、私は転んで頭を道路に打ちつけたのだが、ヘルメットが割れただけでどこにも怪我はなかった。でもあまりの恐怖で、少し気を失っていたようだ。薄れていく意識の中、水色の空一面に真っ白な天使が浮かんでいるのを見た。私を天国に連れていくんだとそのときは思ったのだが、助かったあとは私を守ってくれたんだと思うようになった。

慣れない目覚まし時計の音で目が覚めた。目を開くと閉鎖的な空間の中に自分がいることに、一瞬理解が追いつかず不安になった。ベッドのカーテンを少し開けると、目覚まし時計の音のするほうを見た。桜子さんのベッドから音は鳴っている。淡いピンク色、これを桜色というのか。桜色のカーテンが閉まっているので中の様子は分からないが、スリッパが床にあるのでまだ寝ているのだろう。

「んんっ。みなさん、おはようございます。起床時間です。良い一日をお過ごしください」

寮内放送がかかった。咳払《せきばら》いではじまった松田先生の声だった。そして、音楽が流れた。高い金管楽器の音で始まるクラシックだった。これから毎朝、この曲で起こされるのだろうか。日本の小学校で過ごしたときに、「天国と地獄」という曲を運動会で何度も聞いたため、あの曲を聞くと気持ちが焦ってしまい嫌いになった。今後は、この曲が私を憂鬱な気分にさせるのか。

桜子さんのベッドのカーテンが揺れ、目覚まし時計の音が止まった。そして、

「シューマンの春」

とつぶやく声が聞こえた。

私は素早くパジャマを脱ぎ、ジーンズをはいた。買ったばかりのボーダーシャツの上にグレーのパーカを羽織って着替えをすませると、洗面所に行って身なりを整えた。

部屋に戻ると、桜子さんが大きなあくびをして突っ立っていた。

「おはよー」

「おはようございます」

「朝ごはん食べる？」

「あ、はい」

「一緒に行く？　それとも、先に行ってる？」

選択肢があるのは、いつもいいとは限らない。この場合、一緒に行こう、と言ってほしかった。

「あの、できれば一緒に行きたいです」

私が遠慮がちにそう言うと、

「うん。一緒に行こう。ちょっと待っててくれる？」

桜子さんはタオルを持って部屋を出ていった。私は、一人になった部屋で大きくため息をついた。自分でも、何のため息なのかは分からない。

戻ってきた桜子さんは、化粧水をバシャバシャと手にとり、パンパン音を鳴らして顔に叩きこんだ。それから日焼け止めを入念に塗ると、ワンピースを頭からガバッとかぶり、

「オーケー。レッツゴー」

と言った。顔と声と行動がいちいち合ってないと思ったが、そのミスマッチが逆にかわいらしく馴染んでいるようにも思えてきた。

「その前に、洗濯室寄っていく？」

「え？　えっと」

「私はいつも、登校前に干してるよ」

「あ、じゃあ。私も」

洗濯物の入ったかごを持って洗濯室に行った。登校前にやることは色々ありそうだ。

「朝はパン派？　ご飯派？」

「えっと、パン……かな」

「じゃあ、牛乳派？　豆乳派？」

「え？　豆乳は飲んだことないです」

「そうなの？　おいしいよ。私はココア豆乳が好き」

「あ、じゃあ、試してみようかな」

食堂では、おかず以外は自分で選択できるようになっている。桜子さんにすすめられ、ココア豆乳とパンに塗るチョコレートを取った。口の中が甘かった。母がこれを見たら「砂糖の摂りすぎ」と言って口を尖らせるだろう。

おかずは目玉焼きと野菜炒めだった。味はよく分からなかった。とにかく噛《か》んで飲み込んだ。桜子さんが目玉焼きに醤油《しょうゆ》をかけるのを見て内心ではすごく驚いた。我が家では目玉焼きは塩コショウだ。でも周りを見ると、目玉焼きに醤油をかけている人がたくさんいた。こういうのを社会勉強というのかな、なんてことを思った。

寮に戻ると、歯を磨いてから洗い終わった洗濯物を干した。桜子さんが、

「もうすぐ学校始まっちゃうから急ごう」

と言うので、慌ててリュックを摑み小走りで階段をかけ下りた。私が洗濯物をもたもた干していたのがいけなかった。桜子さんが私を待っていてくれるので、スニーカーのかかとを踏んだまま玄関を飛びだした。食堂の前の下り坂を転がるように走ると

校舎が現れた。下駄箱に着くと、

「職員室はそこの廊下を真っすぐ行ったところだよ。ごめんね。私、もう行くね」

桜子さんはそう言うと、階段を一段飛ばしでかけ上がっていった。私は、自分の靴箱を探している暇はないと思い、一番隅の空いている場所に靴を押し込むと持ってきた上履きに履き替えた。職員室のほうへ歩き出したときにチャイムが鳴った。初日から遅刻をしてしまった、そう思ったとき、担任の町田先生がやって来た。手には段ボール箱を抱えている。

「よかった。迷子になっているかと思った」

私は、すみませんと小さく言って頭を下げた。

「緊張してる？」

との問いに、はい、と答えた。

「自己紹介だけはしてもらおうと思うんだけど、よろしくね」

私は黙って頷いた。

一年生の教室は二階だった。階段を上るとすぐに、１Aと書かれた教室が見えた。廊下側の窓も開き戸も開いていた。ざわついていた教室が、私の姿を見つけて一瞬静かになる。でもすぐ次の瞬間には、さっきよりも騒がしくなる。前にも経験したことだ。また同じことの繰り返し。

「おはよう」

先生が教卓に立つと、席を立っていた生徒は座った。そして、視線は私に注がれるのを感じる。このときほど、どこを見ればいいのか分からないときはない。私は先生のほうを見たり、先生の向こう側にある窓の外を見たり、一番前の席の子の机の上を見たり、あちこちさまよっていた。

「今日から椿真菜さんが加わります。これで１Ａのクラス全員がそろいました。一言だけ、いいかな？」

先生は遠慮がちにそう聞いてきた。私は、教室の真ん中辺りにぼんやり焦点を合わせた。一対三十九。勝ち目はない。

「椿真菜です。よろしくお願いします」

必要最低限の一言だけ、私は口にした。先生が拍手をしたので、教室からバラバラと手を叩く音がした。

「席は、あそこね。窓際の一番前。で、これ、教科書。後ろのロッカーに入れておくから、あとで確認してね」

先生はそう言うとロッカーに段ボール箱を入れて、出欠を取り始めた。中学校のときよりも柔らかい雰囲気を感じたが、私は自分で高い壁を作ってしまっていた。何も期待しなければ傷つかない。ただ時間をやり過ごせばいい。そんな気持ちでいた。

ショートホームルームが終わると私はロッカーを確認した。することがあって助かった。ちょうど、教室の後ろの黒板に時間割が貼ってあったので、一限目の授業が現代文であることが分かり、段ボール箱の中から教科書とワークを取り出し席に戻った。

今日から新しい単元に入ったようで、遅れを感じずに授業を受けられ、ほっとした。

一時限目が終わり十分間の休憩時間。私はとりあえずトイレに向かって時間を潰した。鏡の前で前髪を直している女子が二人いて、私は隅で手を洗うとハンカチを忘れたことに気づき、仕方なくジーンズで手を拭いた。

二限目の保健は、まさかの自習となった。プリントが配られ教科書を見ながら空欄に文字を書き込んでいく。当然、教室には緊張感がなかった。近くの席の女子の話し声が心をざわつかせる。チャイムが鳴り、私はため息と共にシャーペンを置いた。さて、どうしよう。何をしてこの休み時間をやり過ごそう。私はリュックサックの中から小説を取り出した。読みかけのミステリー小説。本当は、誰かに話しかけてもらいたかった。でも、もの欲しそうに思われないように繕ってしまう。ものすごくこじらせていると思った。私は一人でいたいのだ、そういう雰囲気を出しながら教室の窓際の席で一人本を開いて読んだ。いや、本当のことを言うと、読むふりをした。

休み時間も終わりが近づいたとき、ふと顔を上げて教室の入り口を見た。今でも、なぜあのとき、本から目を離したのか分からない。とにかく私は、首をちょっとひねって、賑《にぎ》やかな教室から廊下に通じる入り口に目をやった。するとそこに、見事なまでの黒髪のショートボブ、彫りの深い顔立ち、長い手足の女の子が大きな丸まった地図を片手に立っていた。そして、ふざけあって入り口をふさいでいた男子に向かって、

「世界地図が通りまーす」

と声をかけた。すると小さな集団は二つに分かれ、彼女はその真ん中を突き進んだ。

その姿を見た途端、私の心は強烈に揺さぶられた。懐かしさと憧れと色々な感情で心を鷲掴《わしづか》みにされた。目が離せないでいると、彼女の大きな目が私のほうに向き、そして、その鋭い眼光に私は捕まった。

(ジャンヌ・ダルクだ！)

と私は心の中で叫んだ。開け放たれた窓から入ってきた風が、本のページを自由気ままにめくっていった。

彼女は私を見つめたまま、口を横に広げて笑いかけてくれた。私にはできない、何の嫌味もない、屈託のない笑顔だった。返した私の笑顔は、きっとぎこちなくひきつっていたと思う。けれど彼女は、地図を黒板に立てかけると私のほうへ真っすぐにやって来た。そして、

「私、東城理子《とうじょうりこ》。よろしく」

と言って右手を差し出した。意志の強そうな眉毛、緑色がかった茶色の瞳。差し出

された右手をしばらく呆然《ぼうぜん》と眺めていたが、握手を求められていることに気づくと慌てて手を出し彼女の手に触れた。彼女の手は私よりも少し温かかった。

「椿さん、私の出席番号の前なんだよ。私が三十一番で椿さんが三十番」

「あ、そうなんだ」

授業の開始を告げるチャイムが鳴ってしまった。彼女はチャイムの音に負けることなく、

「私のことは理子って呼んでくれる？　椿さんのことは何て呼べばいい？」

と聞いてきた。

「あ、えっと、真菜って呼んでくれれば……」

「分かった。真菜。真菜。真菜」

目の前の彼女は何度か私の名前をつぶやき、自分の中に刻みこもうとしているようだった。私はくすぐったいような気持ちで彼女の声を聴いていた。

「はい、みんな着席」

地理の授業が始まった。四角い眼鏡をかけたおじいちゃんくらいの歳の先生が、大きな地図を天井から吊り下げ、長い棒を使って話し出した。私は、先生の声がまるで耳に入ってこなかった。

東城理子。

出席番号は三十一番。

そればかりを頭の中で反芻《はんすう》した。

地理の授業が終わったとき、何か違った空気を感じた。次はたしか、「情報」だったはずだ。移動教室なのかもしれない。教室を見渡すと、案の定、教科書を手に立ち上がる生徒が多数いた。

アメリカの学校から転校したばかりの中三のとき、トイレに行っている間に教室から生徒全員がいなくなっていたことがあった。途方に暮れて時間割を見ると「美」と書かれてあった。「美」が何なのかが分からなかった。今では「美術」のことだと分かるが、小学生のときは「図工」と呼んでいた。私は涙が出そうになるのを抑え考えあぐねた。小学校では、たしか「美化委員」というものがあったはずだ。きれいにすることを目的とするもので、掃除や花壇の手入れなどをしていた。もしかしたら、校庭の花壇にいるのかもしれない。行ってみようと教室を出たとき、担任が廊下を走ってきた。

「椿さん。美術室に移動だよ。教えていなくてごめん」

先生は自分が教えなくても、生徒の誰かが教えるものだと思っていたのだろう。私は唇をギュッと嚙みしめ、先生のあとに続いて廊下を歩き階段を下り、美術室に入った。その瞬間、教室の全員の視線を一斉に浴びた。それはまるで、かわいそうなものを見るような目つきだった。

あんな惨めな思いをするのはもうたくさんだ。私は、慌てて段ボール箱の中から教科書を探した。すぐ隣に気配を感じたので顔を上げると、東城理子が立っていた。もしかして、と私は期待をした。期待をしない、と決めたばかりなのに、私は早くも心を躍らせてしまったのだ。声をかけてくれる？　一緒に移動してくれる？

「ちょっとごめんね」

彼女はそう言うと、私のロッカーの下の扉を開けた。あ、そうだ。出席番号が並んでいるんだった。ただ、私が突っ立っているのが邪魔なだけだったんだ。ほら、だから期待なんかしちゃだめなのに。

「教科書見つかった？　こういうやつだよ」

彼女は、自分の手にした教科書を私に見せてくれた。

「あ、ありがとう」

私は、水色の表紙の教科書を引っ張り出した。

「じゃあ、行こう」

彼女は至極自然にそう言った。私は身体が震えた。

「うん」

そう言うのが精いっぱいで、私は彼女の横に並んで歩き出した。どうか身震いしているのに気づかれませんように。私は嬉しくて仕方なく、これから先、彼女が多少わがままで自分勝手な性格だったとしても嫌いにはならないと誓った。

理子を通して、二人の女子と会話を交わすことができた。奈々美《ななみ》と梓《あずさ》。色白で薄く化粧をしているかわいい子たちだ。情報の授業では、最初の十五分間はコンピューターの前に座りタイピングゲームをした。その後、エクセルの使い方を習った。

授業が終わると、理子は当たり前のように私のところに来た。

「お腹すいたー。食堂行こう」

私は耳のあたりが引っ張られるような感覚がした。小さい頃から感情が高ぶると、こんな感覚が起こる。ありがとう、心の中でそうつぶやいた。奈々美と梓も一緒に、四人で食堂に向かった。校舎の玄関で私は自分の靴箱を見つけた。私の靴箱は理子のすぐ上にあった。ここでも私たちは並んでいると思うと仕合せだった。

昼の食堂は混んでいた。授業が終わる時間がみんな同じだから仕方ない。並んでいる間、奈々美と梓はお互いの爪を見せ合っていた。きれいにマニキュアが塗られている。お互いの色をほめ合い、ムラなく塗る方法を伝授し合っていた。理子は、

「その色いいじゃん。かわいい！」

と大げさに振る舞っていたが、理子の爪は私と同じ自然のままだった。

「五十回かき混ぜるとおいしくなるんだって」

そう言って、理子は納豆をぐるぐるかき混ぜた。そして、白く泡立った納豆にたれをかけ、ご飯と一緒に頬張った。私は理子の前に座り、慣れない納豆のにおいをかいだ。奈々美は、ご飯の上にマヨネーズと青のり、そこに少しだけ醤油をたらして食べていた。梓は、マーガリンをご飯の上にのせ、とけてきたところに塩昆布を混ぜて食べていた。

「真菜、目が点になってる」

理子が大笑いした。

「あ、ごめん。食べ方が、あまりに斬新で」

奈々美と梓も笑いながら、

「だよね。私も最初はそうだった。でも、これおいしいよ。やってみなよ」

「そうそう。新しい食べ方を日々研究中」

と言った。私はそのとき、多分、久しぶりに自然に笑うことができたと思う。

五月七日

私はちゃんと笑えてる？

私の笑顔は偽物っぽく見えてないかな。みんなに合わせて笑って話して。そんな自分が嫌になる。

家でもなく、寮でもなく、どこか別の場所に行っちゃいたい。どこが私の本当の居場所なんだろう。

あー！　思いきり叫びたい。

この日記は、理髪師が叫んだ井戸の底。井戸はパパのところに繋《つな》がって私の声が届く、なんてことはあるわけない。

第3章

スケッチブック

Sketchbook

「えー、真菜の部屋民って、今井桜子さんなんだ」

私の部屋に来たいと言った理子が、三〇七号室と書かれたプレートの下にある名札を見て高い声をあげた。

「部屋民？」

「うん、ルームメイトのこと。お邪魔しまーす」

理子は、私が開きかけたドアの隙間からするりと部屋の中に入った。部屋をぐるっと見渡すと、

「真菜のはこっちでしょう？」

と私のベッドを指さして言った。

「うん。そう」

「だと思った。真菜っぽいもん」

私が選んだのではない緑のリーフ柄の布団カバー、卒業生の置いていったカーテン、それらを見て理子はそう言った。私は顔がひきつらないように気をつけて笑った。

「本、好きなんだね」

理子は本棚を見ながらそう言った。私は理子の横顔を見ながら、きれいな顔だなと

思った。

「うん、本はもともと好きだけど、寮でやることがないんじゃないかと思って、たくさん買って持ってきた」

「あー。なるほど」

私はここで、疑問をぶつけてみた。

「みんなは何やってるのかな。勉強とか？」

「勉強はやる人はやってるけど、人によるよね。桜子さんは、ずっとピアノ弾いてるんじゃない？」

「え？　桜子さんが？」

「うん。桜子さん、ピアノすっごく上手いんだよ。入学式のとき、ピアノの演奏をしてたんだけど、上手いしかわいいし、もうみんな釘付《くぎづ》け。しょっちゅうピアノを練習室で弾いてるよ。防音室なんだけど少し音が漏れるんだよね。通りかかる人が足を止めて聴き入っちゃうくらい」

「へー」

それでいつも部屋にいないんだ。やっと納得がいった。

「聴いてみたいな」

「じゃあさ、聴きに行ってみる？　私、購買に行くから。購買の隣がピアノの練習室」

「あ、うん。行く」

本当を言うと、そこまで桜子さんのピアノを聴きたいわけではなかった。でも、購買には一度行ってみたかったし、何より理子に誘われることが嬉しかった。

「財布取りに部屋に寄っていい？」

「うん」

自分以外の部屋に行くのは初めてだ。理子の部屋は一階だった。

「一階ってよくないんだよ」

「そうなの？」

「湿気でじめじめしてるし、洗濯物も木の陰になって乾きづらいし」

一〇三号室の部屋のドアを開けた途端、理子の言っていることが理解できた。私の部屋と比べると随分薄暗かった。でも、その薄暗い部屋ではルームメイト、理子の言葉を借りるなら部屋民とその友達が賑やかにしゃべっていた。二人でベッドにうつ伏せで並び、雑誌をめくって甲高い声をあげている。

理子の机の上にはペン立てがいくつも置いてあり、カラーペンや色鉛筆がぎっしり立ててあった。理子は引き出しから小銭入れを取り出すと、

「じゃあ、行こう」

と言った。

購買は校舎の一階にあった。

「五時半に閉まっちゃうから先に買っていい?」

「うん。もちろん」

購買は小さいコンビニのようで、文房具が売っているだけかと思っていたが、生活必需品やお菓子も並んでいた。理子は洗顔フォームを手にとると、

「奈々美と梓は、ここにはいいのが売ってないって言ってたけど、私はこだわりがないからいいんだ」

と明るく言った。そして、

「これも買っちゃおう。夜、一緒に食べよう」

と言って、牛乳を混ぜて作るデザートの箱を取った。

「ああ、それ小さい頃好きでよく食べてた」

アメリカに行く前まで、よく母がおやつに食べさせてくれたものだ。

「おいしいよね」

うん、うん、と私は頷《うなず》いた。理子が会計をすませてから、購買の隣の部屋のドアを開けた。片側には大きな棚がありブラスバンド部の使う楽器がたくさん置いてある。反対側には、丸い覗き窓のある頑丈な防音扉が三つ並んでいた。そのうちの一つのド

アからピアノの音が漏れてくる。ドアに近づき、丸い窓からそっと中を覗き見た。黒いアップライトピアノの前に座る女子の背中が見える。髪の毛を、なぜか目玉クリップでまとめて留めているが、あのふわふわした茶色の髪は桜子さんに間違いなかった。

桜子さんが腕を振り上げて力強く鍵盤を叩くと、鋭く意志の強そうな音が聴こえてくる。体育の授業のあとからずっとここにいるのだろうか。体操服姿で、まるでスポーツをしているかのようにピアノに向き合っていた。私は窓から少し離れて、桜子さんのピアノを聴き続けた。あの、のんびりした話し方からは想像できないような音だった。情熱的。この言葉がぴったりくると思った。こんな盗み聴きなんかじゃなく、もっとちゃんと聴きたい、そう思ったけれど、理子が壁にかかった時計を指さして、

「食堂行く？」

と小さな声で聞いた。私は、こくんと頷き、後ろ髪を引かれる思いでそこから離れた。

「なんか、すごかった」

私は、ため息交じりにそう言った。

「うん。かっこいいよね、桜子さん。音で人を感動させる」

ああ、そうか。驚いただけではなく、感動をしたのか、私は。頭の中がぼーっとしてしまい、理子に、

「真菜、箸忘れてる」

と言われて、はっとした。気づかないうちにトレイを手に持っていたが、箸を取るのは忘れていたようだ。理子はおもしろそうに笑って、

「真菜って、感受性豊か」

と言った。私は、

「ごめん」

と小さく呟《つぶや》いた。

「あやまることないよ。いいことだよ。私、真菜には見せちゃおうかな」

「何を？」

「絵、描いてるの」

「絵？　どんな絵？」

「色々だよ。今日、九時頃部屋に来てくれる？」

食堂から寮に戻ると、理子は持ち帰った牛乳に油性ペンで「リコ」と大きく書き冷蔵庫に入れた。

「じゃあ、あとでね」

「うん」

私は浮かれていた。友達と昼間も会って、食事も一緒にして、夜にまた会える。ま

るで修学旅行のようだ、と行ったことがないのに思った。

私は部屋に戻るとベランダの洗濯物を取り込んだ。迷った末、桜子さんの洗濯物もハンガーや小物干しごと取り込み、あまり皺《しわ》にならないように気を付けてベッドの端に置いた。

自習時間中、何度も時計を見て九時までのカウントダウンをした。昨日も一昨日も、九時になると同時にスマホを取りに寮監室に行ったが、今日は理子の部屋に向かった。部屋のドアをノックすると、すぐに理子がドアを開けてくれた。片手には牛乳パックを握りしめていた。部屋には理子しかいなかった。

「さ、作ろう。食べよう」

理子は机の引き出しからタッパーを取り出すと、袋に入った液体と牛乳を入れてスプーンで混ぜた。

「私、スプーン持ってない」

「大丈夫だよ。使い捨てのスプーンあるからあげる」

「ありがとう。タッパーとスプーン、あったほうがいいね。今度買おうかな」

「うん。あったほうがいい。すっごく簡単でおいしいデザートの作り方を教えてもらったから、今度一緒に作ろうよ」

「うん、作りたい」

「さ、できた、できた。いただきます」

理子はタッパーを二人の間に置き、スプーンでそのますすくって口に入れた。取り分けるということはなさそうだというのが分かり、私も遠慮がちに食べた。甘くて冷たくて懐かしい味がした。

「おいしい」

「だね」

「あ、私、半分お金払わないと」

「いいよ。いいよ」

「でも……」

「じゃあ、次は真菜が出して」

「うん。じゃあ、次は私が買うね」

私たちには次の約束がある。くすぐったい思いがした。

「ねえ、理子。絵、見せてくれる?」

「そうだった」

理子はスプーンを置いて、本棚からスケッチブックを引っ張り出した。

「ちょっと恥ずかしいけど……」

照れたように笑うと、理子はスケッチブックを私の前に置いた。

「見て、いいよね？」

どうぞ、というようなジェスチャーを理子はした。私はゆっくり注意深くスケッチブックの紐《ひも》をほどいた。理子に絵を見せてもらうにあたり、私はいくつかの感嘆詞を頭の中に用意しておいた。「すごい」「上手」。アメリカでは人をほめるとき、「私それ好き」という言い方をよくした。「あなたの服好き」「あなたの髪型好き」とか。「私、この絵好き」というのもいいかもしれない。どんな絵だったとしてもとにかくほめようと考えながら、私はスケッチブックを開いた。

「え⁉　えー！」

想像をしていない絵だった。卵から恐竜の赤ちゃんが飛び出しているように見えるだまし絵だった。鉛筆で描かれていて色はついていない。バランスが良く、形に歪《ゆが》みもない。私は鳥肌が立つのを感じた。

「どうやったらこんなの描けるの？」

「それほど難しくなかったよ。動画で見て練習した」

次のページには、西洋のドラゴンが描かれていた。これもまた鉛筆で色は塗られていないが、とても細かく鱗《うろこ》まで丁寧に描かれてある。

「このドラゴン、流し目が色っぽい。鱗のお手入れもきちんとしてそう」

理子は大きく笑った。次のページもドラゴンの絵だった。でも、今度のはペンで色が塗られていて、かわいらしいものだった。

「この子、男の子？　なんか反抗期に入った生意気盛りの子どもドラゴンって感じがする。この、ふてくされた様子でちょっと下から睨《にら》みつけている感じがかわいい。オレに近づいたら火傷《やけど》するぜって、ポコポコッってちっちゃな火を吐きそうなイメージ」

理子の絵から勝手に色々と想像してつい一人でしゃべり過ぎてしまった。私は理子の顔を見た。理子は大きな目を輝かせて私を真っすぐに見ていた。

「真菜、想像力もすごいけど言葉のセンスもあるね。やっぱり本をたくさん読んでるから？」

「え？　そうかな。ありがとう。でも、理子の絵を見ていると、次々に思い浮かんでくる」

理子は、ちょっと何かを考えているような顔をしてから、

「ねえ、二人で絵本が作れそうじゃない？」

と言った。

「絵本？」

「うん。私が絵を描いて、それに真菜が言葉をつける」

私の心臓がドクンと大きく音を立て、体中の血が沸いた。

「いい」

声が上ずってしまった。

「すごくいい。やってみたい。楽しそう」

前のめりになった私を見て理子は笑った。

「それで、いいのができたら、コンテストに応募しようよ。真菜と私の連名で。二人のペンネームを作ってもいいよね」

私はそのとき、周りの世界に新しい色が足されたような感覚になった。目に入るものが前よりも色を発している。何だか眩《まぶ》しくて思わず目を細めてしまった。

理子の部屋民が部屋に戻ってきた。友達も一緒だった。二人でスマホを覗き込みながらミュージックビデオを観ているようだ。詳しくない私でも聴いたことのある曲だった。

「真菜、これ洗いに行くからついてきてくれる？」

理子がタッパーとスプーンを持って立ち上がった。私たちは洗面所に行って、置いてある洗剤とスポンジを使って洗った。

「私の部屋民、明るくていい人なんだけど、いっつも友達が部屋に来てるんだ。だから、自習時間はなるべく校舎の図書室に行ってる」

「そうだったんだ。寮の自習室は？」

「あそこは二、三年生が場所取りしていて、あんまりかな。図書室に行くとさ、分からない問題があったとき、職員室に残っている先生に質問ができるし、勉強に飽きたら画集なんかを眺めて案外楽しいよ。ただ、声を出したら怒られるから、一緒に絵本を作るのにはあんまりかも」

部屋民によって苦労があるものなんだな、と思った。

「それなら私の部屋は？　桜子さんはいつも部屋にいないから気を遣うことないよ」

理子は私の顔を見て、

「いいね、それ」

と言った。

「じゃあ、明日の自習時間は真菜の部屋に行く」

「うん」

私は大きく首を縦に振った。

次の日の夜の七時半に理子が部屋に来た。Tシャツに半パン姿で髪はまだ少し濡れていた。

「明日、英単語テストあるでしょう。ちょっと勉強してから絵本のほうやってもいい？」

「うん。もちろん。私もやらなくちゃ」

理子に椅子を譲り、私はベッドの上に座った。勉強机は、ベッドのほうからも顔を出して使える。お互いにキリがつくまで問題を出し合ってから、理子の持ってきたスケッチブックを開いた。

「なんだか、二人だけの部活みたいだね」

部活、と聞いて私は少しときめいてしまった。私は今まで何の部活にも所属したことがない。この学校にも部活はあるが、あまり熱心な活動は行われていないようで、理子も奈々美も梓も部活には入っていない。

「絵本部、とか？」

「いいね、絵本部。最高！」

理子は口を大きく横に広げて笑った。

「理子は、ドラゴンとか恐竜の絵を描くのが好きなの？」

「そう。爬虫類《はちゅうるい》と両生類が好きなの。その中でも、伝説の生き物とか現代にはいない生き物に憧れるんだよね。それでよく、こういう絵を描いてる」

スケッチブックを眺める理子の横顔は、すっとした鼻筋と頬に影を落とす長いまつ毛が魅力的だった。

「理子って、かっこいい」

思わず声に出してしまった。

「はあ？」

「背は高いし、手足長いし、顔は整っているし、それにこんなに絵が上手い」

「それ、ほめすぎ」

「本当のことだよ」

「でもさ、この背、むだに高いんだよね。よく何のスポーツやってるの？　とか聞かれるんだけど、私、運動音痴でさ。自転車には乗れないし、泳げないし」

「え？　そうなの？　意外」

「得意なスポーツは、けん玉とお手玉くらいだよ」

それってスポーツなの？　と言って二人で笑った。

「あと、初めて会う人にはよく、ハーフ？　クォーター？　とも聞かれるんだけど」

それ聞いてみたかった、と私は心の中で思った。

「一〇〇パーセント日本人なんだよね。期待を裏切ってごめんねって感じ」

理子の彫りの深い顔立ちはたしかに日本人離れしていた。だから今までよく人に聞かれてきたのだろう。

「真菜は私に聞かなかったよね」

「ああ、うん。私は、違うことを考えてたから」

「ん？　何？」

　私は、これを言って理子が気分を害さないか少し不安になったが、正直に答えた。

「『ジャンヌ・ダルクだ！』って思ったの」

「ジャンヌ・ダルク？　フランスの？　何だっけ。オレリアンの乙女？」

「オルレアンの乙女」

「ああ、それだ。最後は火あぶりになっちゃうんだよね」

「うん、そう。ごめん」

「そこ、真菜があやまるところじゃない。で、私が似てるの？　ジャンヌ・ダルクに？」

「初めて見たとき、理子、教室の前で地図を片手に仁王立ちになってたでしょ」

「ああ、あれか。地理の先生に頼まれて。たしかに仁王立ちになってた。ちょっとどいてって言ってるのに、男子が騒いでて気づいてくれなくてさ」

「そのときの姿が、私の知ってるジャンヌ・ダルクの絵にそっくりだったの」

「そうなの？」

「うん。アメリカの学校にいたとき、好きな歴史上の人物を調べるって課題が出て、私、ジャンヌ・ダルクについて調べたの。そのときにジャンヌ・ダルクをネットで検索して、一番気に入った絵を大きな紙にがんばって写したんだよね。それが、短い黒髪で、勇ましい姿で片手に旗の長い白い棒を持ってて」

　理子はお腹を抱えて笑い出した。

「まじで？　それ、私だ」

「うん。だから、ジャンヌ・ダルクがいるー！　って驚いた」

　二人で長い間笑いあった。笑いながら、理子のことが好きだ、と私は思った。

五月九日
　笑いすぎてお腹が痛い。彼女といると楽しい。彼女といるときはあまり興味のないアイドルとかメイクのこととか、がんばって話を合わせる必要もない。いい友達ができたような気がする。
　でも、期待はしちゃだめ。いつ裏切られるか分からない。
　私は一人でも大丈夫。一人でもへっちゃら。その気持ちを忘れずに。

第4章

青時雨

Blue Drizzle

週末は冷たい雨ではじまった。外出許可を取り学校の外に行く生徒もいるようだったが、私は特にすることもなく、寮で鬱々と過ごした。

日曜日の朝は雨もあがり、見事なまでの快晴だった。洗濯物を干すと、もう予定はなくなった。どの本を読もうか本棚を眺めていると、部屋のドアをノックする音が聞こえた。そこには奈々美と梓と理子が立っていた。

「ねえ、散歩に行かない？」

陽気な誘いに面食らいながらも、うん、と私は頷いた。

お昼ご飯として配られるお弁当を早めに受け取り、私たちはかばんに飲み物やお菓子を詰めて出発した。寮を出てから二十分以上は歩いている。校舎も見えない全く知らない場所まで来た。

「ここもまだキャンパス内だよ。すっごい広いよね」

周りには赤松がたくさん生えている。コンクリートで舗装された道を歩いているとはいえ、見事に山の中だ。木や土の香りが強い。

「秋になったら松茸《まつたけ》が見つかるかも」

と言うと、三人は想像以上に興奮して盛り上がってしまった。

ウグイスの鳴き声が聞こえてきた。フーフケッキョケキョケッキョとどことなく間の抜けたさえずりだったので、四人で噴き出してしまった。

「今の練習中？　まだ初心者なんじゃない」

「どうも鳥にも方言があるらしいよ」

理子と梓は唇を尖《とが》らせて真似をはじめ、どちらが似ているかを競い出した。

樹の幹を懸命につつく鳥も見かけた。

「かわいい。キツツキみたい」

と奈々美がはしゃぐと、

「キツツキだよ」

と梓が答えた。

「キツツキって頭が赤いんじゃないの？　なんかあれ、スズメみたいだよ」

「あれはコゲラだよ。キツツキは意外に種類多いから」

「キツツキって、こないに近くにいたんだ。赤ずきんとか白雪姫とかがいるようなメルヘンな森の住人だと思ってた。梓すごい、鳥博士」

「キツツキは家の壁に穴開けてけっこう嫌われてたりするよ。でもこの山なら、鳥だけじゃなくてリスやムササビや鹿もいると思う。あと、イノシシも出るかもね」

「イノシシ？」

「校長先生の車、へこんでるの知ってる？　夜にイノシシに遭遇してぶつけられたらしいよ」

「えー、こわっ」

三人のテンションはすごく高かった。引っ張られるようにして、私も気分が上がった。ところどころに咲く朱色の山ツツジ、薄紫の藤の花、そして雨露に輝く草木を見ていると、ここにいる私たちは歓迎され、祝福されているかのように思えてくる。来てよかった。

萌黄《もえぎ》色や青緑色をした木々の中に、小さな建物がひっそりと建っている場所に来た。窓はなく、ドアがあるだけのその白い建物の前には、十字架と「マラナ・タ」という文字と、五人の名前と年月日が刻まれた石が置かれてあった。

「マラナタってどういう意味？」

三人が私を見る。

「分かんない」

聞いたことのない言葉だ。響きから英語ではないような気がする。

「ねえ、ここで食べよう」

木陰にある木のテーブルとベンチに腰かけた。ペットボトルのお茶を勢いよく飲み一息つくと、建物のドアの上のほうに、木の看板があるのを見つけた。近くで見ると、

「納骨堂」と書かれていた。

「納骨堂ってお墓のこと？」

「じゃあ、あの石に書かれている名前って、ここで眠っている人たちなの？」

そういうことか。だから石にはまだ余白が残されているのだ。

「いいな、死んだらこのお墓に入りたいかも。緑がきれいだし、静かだけど賑やかっていうの？　騒々しくはないけど、鳥とか虫とか風とか色々な音がしておもしろいし。それに、共同墓地って何かいいじゃん。一人じゃないって感じがする。お家の中で誰かと一緒に眠ってる感じで安心できそう」

奈々美の言葉に、ふーん、と相槌《あいづち》を打ちながら梓と理子はサンドイッチを食べていた。私は、知らない人と一緒の墓地に入るのは抵抗があって落ち着かなそうだと思った。

「うちね、小さいときからずっと三姉妹で一つの部屋で寝てたんだ。お姉ちゃんが寮に入ってからは妹と二人になったんやけど、でも、常に誰かがそばにいて、一人になるってことがなくて。だから、夜寝ていてふと目が覚めたときに、部屋に私以外誰もいないってことが分かると、金縛りにかかってパニックになっちゃうんだよね」

「今でも？」

「うん。今でも、部屋民が夜中にトイレに行っているときに目が覚めちゃうと、やばい、一人だ、どうしようって心臓がバクバクして変な汗が出てくる。二段ベッドが二台あるんだから四人部屋でもいいのにな、そしたら誰かが常に部屋にいるのになって思うよ。あ、ひいてる?」

奈々美は笑いながら言ったが、私には夜中に金縛りにかかる恐怖が分かる。あの一人で過ごした十日余り、暗闇が恐ろしくて、不安になればなるほど身体が硬直するのだ。奈々美の気持ちが少し理解できることを伝えたくて喉まで言葉が出かかったが、私はそれを言う勇気がなくて飲み込んでしまった。

「全然ひかないよ。私なんてさ、小六までおねしょしてたから。お母さんが心配して病院に相談にも行ったんだけど、あるとき突然治ったんだよね。でも、寮に入る前は、また再発したらどうしようって不安だった。だから、入寮してすぐの頃は、夜用ナプキンつけて寝てたから。あ、ひかないでよ。今はしてないから」

梓が奈々美の話を受け、自分の弱い部分をさらけ出して笑った。

そのとき、強い風が吹き、辺り一面から一斉に、パラパラパラパラパラッと音が鳴り響いた。最初は小さかった音が徐々に大きくなり、まるで木々の拍手の中にいるかのようだった。

圧倒的な生命力に、眩暈《めまい》を覚えた。

音が鳴り止んだとき、私たちはお互いの顔を見つめ合った。誰もその正体は分からなかった。

私たちは席を立つとき、ゴミを落としてはいないかを何度も確認し、そして畏敬の念から一礼してその場を離れた。

五月十一日

不思議な体験だった。山の神様なのか木の神様なのか、それとも天狗か宇宙人の仕業なのか分からないけれど、大きな存在を感じた。

みんな黙っていたけれど、同じ気持ちだったんじゃないかと思う。

雨粒が、緑が、キラキラしてきれいだった。ただそれだけで、満たされたような気持ちになって涙が出るところだった。

でも、あの二人が、人に隠しておきたいようなことを話しはじめたとき、次は自分の番じゃないのか、何か秘密を暴露しろと強要されるんじゃないかって緊張した。だから、あの不思議な音に助けられたような気がする。

生まれ変わったら鳥がいいな。あの美しい世界の中で暮らしたい。

第5章

桜子さん

Sakurako

「ただいマンボウ」

桜子さんが帰ってきた。

「あ、お帰りなさい」

「お邪魔してます」

私と理子は同時に声をかけた。もうすぐ中間テストなので、私たちは絵本製作は中断してテスト勉強をしていた。

「やあ、いらっしゃい」

桜子さんは疲れたような様子で、

「ろっこんしょ」

と言いながら大きなトートバッグを机の上に置いた。そして、ベッドの上の洗濯物を見ると、

「洗濯物、いつもありがとうね。本当に助かる」

と言った。

「いえ、ついでですから大丈夫です」

私は桜子さんの弾くピアノを盗み聴きした日から、桜子さんの洗濯物を取り込むこ

とにした。少しでも彼女の応援をしたいような気持ちになったのだ。

「私、いつもお邪魔してすみません。迷惑じゃないですか？」

理子がそう言うと、

「ん？　全然だよ。私、部屋にほとんどいないもん。いつも二人はそうやって勉強してるの？　やりづらくない？　私がいないときは、私の椅子を使っていいよ〜」

「え？　本当ですか？」

「うん。使っちゃって。じゃあ、シャワー浴びてくる」

「行ってらっしゃい」

「行ってきマンモス」

手を振って桜子さんを見送ると、理子は、

「ちょっと待って。行ってきマンモスとかただいマンボウとか、まじでかわいい。しかも優しいし。桜子さん女神。私が男だったら絶対惚れてる」

と感動していた。

それ以来、私と理子は椅子を並べて勉強するようになった。幅の広い机だったけれど、二人で並ぶと肩が触れ合う。二人とも数学が苦手で、赤点回避のために一生懸命に問題に取り組んだ。疲れると、ベッドに寝転んで地理や古典の問題を出し合った。古語の意味がさっぱり分からず、英語よりずっと外国語のようだ。でも、理子と一緒だと勉強までもが楽しいと思えた。

その日、久しぶりに母と話をした。洗濯物をたたんでいると、

「一年生の椿さん、外線がかかってきています」

という放送が流れた。そういえば最近、スマホを見ていなかった。母としばらく連絡を取っていない。慌てて階段をかけ下りて、寮の玄関ホールに置いてある電話に向かった。内線用と外線用の電話が並んでいる。はずれている受話器を持ち上げて耳にあてると、思いのほか冷たいのに少し戸惑った。

「もしもし」

「あ、真菜ちゃん?」

やはり母だった。

「よかった。生きてた」

「うん。生きてるよ」

「メッセージ送ってもちっとも既読にならないから、どうしたのかなって思って」

「スマホ、チェックしてなかった。これからは時々確認する」

「いいや、いいのよ。元気にやってるなら。むしろ、スマホがなくてもやっていけてるのがすごい」

「たしかに。スマホのこと忘れてた」

そういえば、毎日欠かさず続けていたゲームはどうなっているだろう。

「へー。変わるものね。お母さんも、これからは用事があったらこうやって電話するわね」

「明日から中間テストなんだ」

「あ、そうなんだ。頑張って。でも、しっかり食べて寝てね」

二分くらい通話をすると電話を切った。この間に、母にイラッとすることが一度もなかったな、と思った。


中間テスト期間中は、昼食後から部屋でずっと勉強をした。さすがに桜子さんも机に向かってテスト勉強をしていた。理子は遠慮してか、テストが終わるまでは部屋には行かないようにするね、と言っていた。

「あ」

突然、桜子さんは声をあげたかと思うとベランダに出た。外を見ると、空が薄暗く雨が降っているようだ。桜子さんは、私の洗濯物を先に取り込んでくれた。

「すみません。ありがとうございます」

私は慌てて桜子さんから洗濯物を受け取った。桜子さんは、本当に優しい人だった。毎朝、食事を一緒に食べるうちに、桜子さんが部屋民で良かったと心から思えてきた。

奈々美と梓の話を聞いていると、特にそう思う。二人の部屋民は、聞いてもないのに彼氏の自慢をずっとしてきたり、反対に話したくないようなことを根掘り葉掘り聞いてきたり。部屋の掃除についてもうるさく言われるらしい。

その点、桜子さんは、自分の話は滅多にしない。余計なことは聞いてこない。最初の頃は、桜子さんを無関心な人だと思っていた。私は当然、一か月も入学が遅れた理由を聞かれるものだと思い答えを用意していた。それなのに一度も聞かれることはなかった。私の名前を知っているかどうかさえ疑わしいと思っていた。でも、今では分かる。桜子さんはピアノにひたすら一生懸命なのだ。

掃除に関しては、桜子さんは全くしなかった。でも、ほとんど部屋にいないので汚すこともなかった。それに、ごみ捨てだけは、いつも気づいたらしてくれた。寮の裏口にあるごみ捨て場に私がごみを捨てに行ったとき、猫くらいの大きさの獣を見たことがある。タヌキのようなイタチのような外見だった。驚いて悲鳴をあげたらすぐに逃げてしまったのだが、その話をした日から桜子さんは積極的にごみを捨てに行くようになった。

部屋民は、前期と後期で変わる。二学期の途中で部屋替えをするのだ。このまま一年間ずっと桜子さんが部屋民だったらいいのに、私はそう思った。

「真菜ちゃん、集中力すごいね」

「え？　そうですか？」

「うん。私は机に向かうとすぐに眠くなっちゃう」

「でも、桜子さんのピアノを弾いてるときの集中力はものすごいです」

桜子さんは、目を丸くして私を見た。

（あ、言っちゃいけなかったかな。練習を盗み聴きしたことをばらしたようなものだ）

「そうなんだよね。ピアノは、弾いてると時間があっという間に過ぎるんだよね」

えへへ、と桜子さんは笑った。良かった。地雷を踏んでしまったかと思った。


中間テストが終わり、理子と購買に行って、凍った一本のチューチューを二人で買った。半分に折って、

「おつかれー」

と言いあって食べた。二人とも目の下には連日の睡眠不足のせいでクマができていたが、晴れ晴れとした気持ちだった。寮内はお祭り騒ぎのようになっていた。自習室では映画が流れて枕とスナック菓子を持って観に行く生徒もいれば、会食室というキッチンのついた部屋でお菓子作りを楽しむ生徒もいた。クッキーでも焼いているのだろうか。甘い匂いを嗅ぎながら、いつか私も理子と一緒にお菓子を作ってみたいと思

った。お風呂場には「美女の湯」という張り紙が貼られ、いつもの無色透明なお湯と変わって紫色の入浴剤の入ったお湯に浸かった。

夜は久しぶりにスマホを取りに行った。母からたくさんのメッセージとスタンプが送られてきていた。「おやすみ」というスタンプが毎日のようにあり、思わず笑ってしまうようなおかしなものもあった。こんなスタンプを選ぶ母が、なんだかかわいらしく思えた。

「テスト終わったー!」と送ると、母からすぐに返信があった。

「お疲れ様。がんばった! えらい!」

私は、ドヤ顔をしたネズミのスタンプを送った。テストどうだった? ちゃんとできた? などと聞かれなかったことが嬉しかった。少し離れていたほうが、母との関係は良くなるのかもしれない。でも、その後、「お父さん、今週から家でリモートワークはじめたよ」というメッセージが来た。それを見ると、私はそれ以上何も返すことができず、スマホの電源を落とした。

その日の夜のことだった。寝不足だったため早々とベッドに入って眠りに落ちたのだが、ふと目が覚めると、何だか聞きなれない音が聞こえた。鼻をすするような音と震えながら空気を吸うような音だ。ぼんやりしていた頭が次第にはっきりしてきて、私は枕元にある目覚まし時計を探した。ボタンを押すと文字盤が光り、夜中の一時だと分かった。暗闇の中から聞こえるすすり泣きは続いている。部屋には私の他には桜子さんしかいないはずだ。でも、桜子さんが泣く姿なんて想像できない。私は、戸惑いつつも声をかけずにはいられず、少しだけベッドのカーテンを開け、

「桜子さん、どうしたんですか？」

と呟くように問いかけた。もう一枚のカーテンの向こうで、桜子さんがびくっと身体を震わせたような気がした。泣き声がやみ、そのまま私の問いかけに返答がないまま夜が過ぎた。

どうして私はこうなんだろう。なんで声なんてかけてしまったんだろう。辛いことがあってただ泣きたいっていうときもあるのに、私はそれさえも邪魔してしまった。私は人の気持ちを理解できない人間だ。

よく眠れないまま、起床時間を告げる放送をベッドの中で聞いた。松田先生は毎朝違うクラシック音楽をかける。今朝は、ちょっと寂し気なパイプオルガンの音だった。

「バッハのアリア」

という桜子さんの声がして、同じタイミングでカーテンを開けたので目が合ってしまった。

「あ、おはようございます」

私は気まずさから咄嗟《とっさ》に目を離して軽く頭を下げた。そして、パジャマのままタオ

ルを掴むと洗面所に向かった。今日の朝食は抜いてしまおうと思った。顔を洗って部屋に戻ると、服に着替えた桜子さんが真っすぐに立ち、私を見た。

「真菜ちゃん、夜中に起こしてごめんね。時間がないから簡単に話すけど、昨日ね、両親に電話で言われたことがあって落ち込んでたの。私、行きたい大学があるの。東京の私立の音大。そこに行くための十分な援助ができないかもしれないって言われちゃって。一人暮らしの費用と学費、けっこうするんだよね。今、お父さんの会社、ちょっと大変みたい」

桜子さんは、力なく、えへへと笑った。

「でもね、きっと道はあるはずだから、私はとにかく受験に向けてがんばる」

うん、と桜子さんは自分自身に大きく頷いてみせた。

私は、こんなときになんだが、桜子さんが速くしゃべれることに驚いた。それから、浮世離れしたように見える桜子さんにこんな悩みがあることにもショックを受けた。桜子さんの本棚の使いこまれたファイルの中にあるものは、すべて楽譜だということを今は知っている。私なんかには想像もできないほど努力を続けているのだ。

「あの、私こそ、ごめんなさい。邪魔をしてしまって」

目が熱くなってきた。だめだ。泣きたいのは桜子さんだ。私が泣いちゃだめだ。

「違う、違う。真菜ちゃんは悪くない。むしろ、ありがとう。気にかけてくれて嬉しかった」

桜子さんは腫れた目で笑った。

「じゃ、食堂行こう。いっぱい泣いたらお腹すいちゃったよ」

桜子さんは、ふんわりした優しいだけの人ではない。強さと逞《たくま》しさも兼ね備えている。外に出ると、今朝は色々なものが目に眩しく映った。

第6章

夏がもうすぐやってくる

Summer is Almost Here

中間テストが終わった後の週末は、午前中から外出をする生徒であふれていた。久しぶりに山から下りて街の喧騒《けんそう》の中に入ると、アドレナリンが湧き上がってくる。

奈々美と梓と理子と私は、さっきまで一緒にいた。洋服を見たり、カフェに入ってケーキを食べたり。そのあと、奈々美と梓は美容院を予約しているとかで、別行動になった。

「真菜、どこか行きたいところある？」

「今すぐじゃなくていいんだけど、あとでね、胃もたれしそうなものが食べたい。大きなハンバーガーとか、脂っこいチキンとか」

「いつも健康的な粗食だからね、私たち。今日は食べちゃおう。さっきケーキも食べたし、明日はニキビを覚悟しないと」

ま、たまにはいいよね、と言いながら理子は笑った。

「理子は？　どこに行きたい？」

「靴を見に行きたいんだけど付き合ってくれる？」

「うん。いいよ」

理子の買い物なら、いくらだって付き合える。

ショッピングモールの二階に行くためにエスカレーターで昇っていたときだった。私の前に立っていた理子が突然、前の人の手首を素早く摑んだ。

（知り合い？）

強引な理子の行動に面食らいながらも、私は呑気《のんき》にそう考えた。手首を摑まれた男性は理子のほうを振り返り、その手を振りほどこうとしている。でも理子は摑んだまま放さない。これは、知り合いとの再会なんかじゃない。緊迫した空気が伝わってきた。

エスカレーターが二階に到着したとき、理子は男性のすぐ前にいた女性に声をかけた。

「待って。この人、盗撮してました」

膝丈のスカートをはいた女性が足を止め、

「え？」

と動揺しながら、理子と男性を交互に見つめた。男性の手首を握る理子の手に力が入っているのが分かる。そして、摑まれた男の手にはスマホが握りしめられている。

「違う。そんなことしてない」

男は落ち着きなく目をきょろきょろさせながら怒りをあらわにした。それに対して理子は冷静だった。

「後ろから見えたの。スカートの中をスマホで動画撮ってるの」

と低い声で言った。

気持ち悪い。私は男のことをそう思った。でも理子は、そんな気持ち悪い男の手を掴み続けている。

「警察、呼びましょう」

理子は女性に言った。男は、警察と言われて明らかにうろたえたようで、

「やめろ。はなせ。本当に何もしてないんだ。ただスマホを持っていただけだ。いい加減にしろ！」

と声を荒らげた。

「あのー」

スカートをはいた女性が声を出した。

「あの、別にいいです」

よく見ると、化粧をして大人びた服を着ているものの、同じくらいの年頃のようにも思える。その子は、

「ちょっと急いでるし、それに、スカートの下にスパッツはいてるから大丈夫」

と言った。

「え？　盗撮されたんだよ」

「でも、パンツ見られたわけじゃないし。別に、もういいです」

女の子はそう言って、その場から立ち去った。理子は呆然《ぼうぜん》として、力が緩んだのだろう。男が理子の手を振りほどき、

「何なんだいったい。いい迷惑だ」

と吐き捨てるように言いながら、逃げるように走っていった。

理子はその後ろ姿を見つめながら、唇をぎゅっと噛みしめ、怒りに身を震わせていた。

（ここにいた）

私は思わずそう思った。心が揺さぶられるほどかっこいい人が、こんなにすぐそばにいた。

私は理子の肩にそっと手を置いた。そして、振り返った理子に頷いてみせた。理子は私の目を真っすぐに見ると、ふっと息をもらして寂しそうに笑った。

そのあとの私は一日中、ずっとふわふわしていた。

六月に入り、みんなの服装もだいぶ変わった。露出度の高い服は禁止と聞いていたが、ノースリーブに近いシャツやショートパンツをはく生徒もいた。

ある日の登校前、寮長が部屋に来た。華奢な体に大きめのTシャツがかわいらしか

った。何だか前より垢抜《あかぬ》けたような感じがした。私に何の用だろうと思ったのだが、意外にも桜子さんと友達のようで、

「桜子、ちょっと聞いて。学校まで一緒に行こう」

と甘えたような声を出した。そして、洗濯物をベランダに出そうとしている私に向かって、

「あ、今日、雨が降るかもしれない」

と言った。

「え？」

空は青く雨が降るような予感はしない。でも、桜子さんも、

「多恵の言うこと聞いておいたほうがいいかも。よく当たるから」

と言うので、私は半信半疑のまま洗濯物を上段ベッドの柵に引っかけて登校した。

部屋を出るときに少し聞こえてしまった寮長の話は、どうも好きな人の話題だった。

昨夜、その人からスマホにメッセージが届いたらしい。寮長が桜子さんと友達なのも驚いたが、好きな異性がいるというのはもっと意外だった。でも確かに、同級生の一年男子は幼く見えるが、三年男子はもう大人の男性のような雰囲気を持つ人もいる。そういう人が相手だったら、ドキドキする気持ちにもなるのだろうか。

そんなことを考えながら校舎の下駄箱の前に立つと、

「わっ」

背後から突然声をかけられた。

「ぎゃっ」

驚いておかしな声を発してしまった。

「ごめん、そんなにびっくりするとは思わなかった」

笑いながら、顔の前で手を合わせる理子がかわいい。

「そのシャツ、初めて見る」

理子がTシャツの上に羽織っているのは薄手のカーキ色の長袖シャツで、今まで着ているのを見たことがなかった。

「昨日、お母さんから荷物が届いて入ってたの。私の席、エアコンの風がまともにあたって寒いから」

「すごい似合ってるよ。私が着たらワンピースになりそう」

どんな服もかっこよく着こなしてしまう高身長の理子を羨ましく思った。

そのとき、すぐ近くにいた二人の上級生の言葉が耳に入ってきた。

「ねえ、見て、あの子。すごい透け透け」

「うわ、あれはちょっと、恥ずかしいね」

「わざとやってたりして」

「えー、それはひくわ」

二人の視線の先には、一年生女子の後ろ姿があった。白いブラウスの下から水色のブラジャーがくっきりと透けて見えている。

（かわいそう）

私がそう思った瞬間、隣にいた理子が羽織っていたカーキ色のシャツを脱ぎながら、その子のところまで駆けていき、肩をポンと叩いた。

「これ、よかったら着て」

「え？」

差し出されたシャツを受け取った子は戸惑っていた。

「背中、透けてる」

「うそ」

彼女は明らかに動揺した様子で、自分の背中を見ようと首を回している。

「これ、しばらく借りてもいい？　次の休み時間、寮に戻って着替えるから」

「うん。いいよ」

「ありがとう」

そして彼女は、理子の新しいシャツに袖を通した。

その途端、私は心臓がキュッとなるのを感じた。理子の温もりが、シャツを通してその子に伝わってしまう。いや！　理子のシャツを着ないで。

理子のシャツはその子には大きすぎて、全然似合っていなかった。手の甲まで隠れてしまうほど袖が長い。まるで、彼氏のシャツを着ているようないやらしい感じ。

教室に入るとすぐに、朝のショートホームルームが始まった。先生が連絡事項を話している間、私の心はずっとざわざわしていた。理子の行動には一切のためらいがない。この間の盗撮を見つけたときだってそうだ。理子はいつだって迷ったりしない。人のためを思って、真っすぐだ。そんな理子を尊敬しているのに、何だって私はこんなみっともない気持ちに支配されているんだろう。

先生が、

「今日も暑くなりそうだな」

と言いながらエアコンのスイッチを入れた。教室の天井から音を立てて冷気が流れる。理子の席に風が行く。理子、寒くないかな。私はそっと理子のほうを見た。真っすぐ黒板のほうを見ている理子の姿は、教室に差し込む光に照らされて眩しかった。

二限目が始まったときだった。突然、雷が鳴り、雲行きが怪しくなった。案の定、パラパラと雨が降ってきた。

（寮長さすがです。ありがとうございます）

と心の中で感謝をしていると、クラスの男子のやまちゃんがおもむろに手を挙げた。質問でもするのかと思いきや、

「先生、布団が干してあるんです」

と泣き出しそうな声で言う。

「急いで行ってこい」

先生がそう言い終わらないうちに、やまちゃんは勢いよく立ち上がると駆けだしていった。

すると、その様子を見ていた他の男子生徒が少し遠慮気味に手を挙げた。

「先生、俺も干してます」

「そうか。じゃあ行ってきていいぞ」

すると、また別の男子生徒が、

「あ、俺も干してある」

「俺もだ」

と言って教室を出ていった。結果、男子生徒の半数が教室からいなくなった。やまちゃんはしばらくしてから雨に濡れた格好で教室に戻ってきたけれど、出ていった他の男子は授業時間内に戻ってくることはなかった。やまちゃんは本当に布団を干していたのだろう。でも、ほとんどの男子生徒はそんなにまめに布団や洗濯物を干してい

るとは思えない。

なぜなら、先日行われた校内ソフトボール大会で味方の応援をしていたときのこと。ベンチに座っていたのだけれど、日差しが強くて、

「暑い。焼ける」

と、奈々美と梓がブツブツ言っていると、近くにいた和久井《わくい》君が、

「タオル貸そうか？　頭にかぶせたら？」

と気の利いたことを言った。

「あんた、いい男じゃん」

梓は大きめのタオルを借りて、並んで座っていた奈々美、理子、私の四人の頭にかぶせた。すると、何だかにおう。借りておいてなんだが、くさい。

「ねえ、このタオル、洗ってる？」

奈々美が聞くと、和久井君は目を泳がせながら、

「えっと、魔法のバケツに入れたけど」

と訳の分からないことを言う。当然私たちは「何それ」と問い詰めた。

「男子寮にふた付きの青いバケツがあって、そこに洗濯物を入れてふたを閉めて三秒待つと、洗濯したのと同じくらいきれいになると言われてる」

と言った。私たちは和久井君の気持ちなど考える余裕はなく、悲鳴をあげてタオル

を突き返した。

男子とはこういう生き物なんだ、と私は思った。二つの寮を行き来することは固く禁じられているので男子寮の内部のことは全く分からない。本当に魔法のバケツが存在するのか、そして男子がどんな暮らしぶりをしているのか見てみたいと思った。それは男子も同じ気持ちのようで、時々、女子寮に侵入する度胸試しを行っていた。でも、女子寮の入り口まで来ると女子の冷ややかな視線にいたたまれなくなり、すごすごと退散する。

寮長の好きな人は、ちゃんと洗濯をしている人だといいなと思った。

もうすぐ夏祭りがある。この夏祭りをきっかけに付き合いだす人が増えるのだそうだ。誰々と誰々が付き合っているとか、別れたとか、そういう話をまたたくさん聞かされることになるんだろう。


梓の部屋に四人で集まった。ベランダにマットを敷き、みんなそれぞれ毛抜きとティッシュを持ってきた。手すりの部分にシーツを干しているので、外からベランダの様子は見えない。それをいいことに、解放感に満ちた中、ムダ毛を抜きながらいろんな話をした。まず、夏祭りに浴衣を着るかどうか。奈々美と梓は着ると言っている。夏祭りに浴衣を着る人が多いことは知っていたから、入寮したときにもう浴衣は持参したようだ。着つけは毎年、松田先生と何人かの女性の先生が手伝ってくれるらしい。理子と私は浴衣を持ってきていないので、奈々美と梓に「送ってもらって一緒に着よう」と何度もせがまれた。理子と私は顔を見合わせ、「じゃあ、着る？」ということになった。今夜、電話で母に頼んでみよう。

「あのさ、私、三年の先輩に告白された」

「え？」

　梓と理子と私は、一斉に奈々美を見た。突然そんな話を切り出した奈々美は、すね毛を抜きながら照れくさそうに笑っている。

「前に、お姉ちゃんと一緒に図書室で勉強しててん。そんときにお姉ちゃんに話しかけてきて、で、おもしろい人だなって思ってて。それから、私が一人で図書室にいても声かけてくるようになって。で、一昨日、告られた」

　奈々美には同じ寮内に二歳上のお姉ちゃんがいる。そして時々、関西弁が出る。最初の頃は意識して標準語を話していたようだが、最近は関西弁でしゃべることが増えてきた。

　私たちはキャーキャー盛り上がり、奈々美は質問攻めにあった。

「何て言って告られたの？」

「どうするの？　付き合うの？」

奈々美は頬を赤らめた。

「普通な感じ。よかったら付き合ってくれない？　って。どうしようかなって思ってる。お姉ちゃんに相談したら、ええ子だとは思うけど、受験の邪魔にならんのかなって言ってた」

「そっかー。受験生だもんね」

「うん。三年生で一般受験する人って三学期は寮に戻ってこない人も多いんやって。ほんで卒業したら、付き合ってもあんまり一緒にいられへんねやなーって」

私たち三人は口を開けながら、へー、なるほど、と言いながら奈々美の話を聞いた。でも、私は、多分奈々美は付き合うんだろうなと思った。興味のない人なら、付き合って一緒にいられる時間など考えたりはしないはずだ。

そのとき、梓の名前が放送で呼ばれて外線がかかっていることを告げられた。ちっと舌打ちをして、梓が、

「ちょっと行ってくる」

と面倒くさそうに立ち上がった。梓が出ていったあと、奈々美が、

「多分、梓のお母さんやと思う。梓のお母さん、心配性ってゆうか過保護？　しょっちゅう電話がかかってきて、荷物も送られてきてる」

と言った。

五分くらい経ったろうか。戻ってきた梓は開口一番、

「もう、本当にうざい。うちの母親、離れても遠隔操作しようとしてくる」

と言った。

「寮に入って最初の二週間くらいは、母親のありがたみっていうのを感じたことはあったよ。洗濯とか掃除とか大変だなって。塾で遅くなる日もちゃんと温かい食事を出してくれてありがたかったなって。でもさ、夜にスマホ取りに行って電源入れると、未読メッセージが二桁入ってるし、それを読もうとしていると電話がかかってくるし。結局、見たい動画も何も見れないでスマホタイム終わっちゃう。服もさ、自分で選びたいのに、勝手に色々と買っては送ってくる。全然好みじゃないから捨ててやるって思うんだけど、罪悪感で捨てられない。

今の電話は、夏休みの間の塾の夏期講習を勝手に予約しようとしていて、相談なくやめてよって怒ったら、だから今相談してるんじゃないって言い返してきた。でもね、あれは相談じゃない。報告だよ。だって、行きたくないって言ったら、延々と必要性をしゃべり続けるもん。昔から、お母さんの考えに歯向かったって結局、無駄。もう早く子離れしろよって感じ」

梓は怒りがおさまらない様子だった。私は梓のきつい言い方にちょっと抵抗を感じた。でも、梓の言いたいことは分かる。離れてがんばってやっていこうと思っている

ときに、遠隔操作されてはきついだろう。梓の目は少し涙目になっていた。梓だって、反抗したくて反抗しているんじゃない。

私たちが何も返せないでいると、

「ごめん、ごめん。私のせいで空気が悪くなったね」

と梓が言い出した。奈々美は梓の背中を優しくさすった。

突然、理子がすっくと立ち上がった。

「そろそろご飯食べに行く？」

まるで梓の話を聞かなかったことにしようとしているかのようだった。私はおろおろしながら立ち上がると、後ろ髪を引かれる思いで理子と一緒に梓の部屋を出た。理子の顔を見ると険しい表情をしていた。

「理子、どうかした？」

「うーん。あんまり聞きたくなかったな、お母さんの悪口。梓にとってはきついんだろうけど、お母さんは全部梓のことを思ってやってる。一度、とことん話し合うべきなんだと思う」

私は、うん、と頷きながらも、心の中では違うことを考えていた。私は、会ったことのない梓のお母さんより、梓の味方になりたかった。それに、母親という存在は時に重荷になる。それがよく分かる。自分で選んだ道だと思っても、母親が色々と意見を言ってくると、自分で決めたのか母が決めたことに従っているのか分からなくなることがある。そして、悪いことはすべて母のせいにしてしまう。

理子のお母さんは、きっと子どもの気持ちを尊重する優しい人で、理子はお母さんが大好きなんだろう。だから、梓の気持ちが理解できないのかもしれない。

明日、気まずい雰囲気になることなく梓と普通に話ができればいいんだけど、と私はずるいことを思っていた。

六月十五日

後味が悪い。もやもやする。やだやだやだやだ。

夏祭り、カップルが続々と誕生するらしいけど、私はないだろうな。奈々美は先輩と付き合うのかな。告白されるってどんな気持ちだろう。私は今までの人生で一度も告白なんてされたことない。誰かに好かれるって、単純に嬉しいことだよね。

私は高校生の間に誰かと付き合ったりするんだろうか。想像ができないけど。

第7章

夏祭り

Summer Festival

その日は朝から夏祭りのための準備で忙しかった。クラスごとに屋台の設営をしたあとは、女子は浴衣を着るために寮に戻った。髪の毛をいじるのが得意な梓が、奈々美と私の髪をアップにしてくれた。

「メイクもしちゃおうよ。前から真菜にメイクしたかったの」

梓はパンパンに膨らんだ化粧ポーチからアイシャドウやマスカラを取り出した。

「じゃあ私はマニキュアしてあげる」

奈々美と梓に椅子に押し戻され、私はされるがままになった。

「できた」と言われたときには、すっかり肩がこってしまった。鏡を見ると、自分の姿にぎょっとした。目の上でラメがチラチラと光り、ぽってりとした唇はぬるりと濡れているかのように目立っている。理子のスケッチブックの中にあった赤いカエルを連想してしまった。

「すごくかわいい」

「うん、いい。真菜、化粧映えするね」

精一杯顔が引きつらないように気をつけて、

「ありがとう」

とほほ笑んだ。

本当はこの姿で外に出るのが恥ずかしくて仕方なかった。でも、化粧を落としたら奈々美と梓に悪いような気がした。「飲み物を飲んだらとれちゃった」という言い訳を考えて、リップグロスだけは拭きとった。

理子の浴衣は身体に対し小さくて、袖が七分丈くらいになってしまっていた。

「これ、お母さんのなんだけど、ちょっと小っちゃかった」

それでも、紺色の浴衣姿の理子はとても魅力的でドギマギしてしまった。久しぶりに見た私の浴衣は白地に黄色の向日葵《ひまわり》柄だった。みんながかわいいと言ってくれたが、もっと地味な色だったらよかったのにと思わずにはいられなかった。

奈々美のお姉さんがデジカメを持っていて、私たち四人の写真を撮ってくれた。私は心の中で、理子の浴衣姿を撮って待ち受け画面にしたいと思っていた。

「真菜、私たち、店番の時間だからもう行かないと。奈々美と梓、またあとでね」

理子に手を引っ張られ、クラスの屋台に向かった。

「二人にメイクされちゃった？」

「うん。おかしいかな？　似合ってないよね？」

「おかしくはないよ。でも」

理子の手が伸びて私の顔に触れた。瞼《まぶた》のあたりをそっと指でなぞり、

「ちょっとラメが濃いかな。うん、このくらいがいい。似合ってる」

理子は私を真っすぐ見て笑った。

どうしよう。心臓が壊れてしまう。理子に触れられた部分が熱を帯びている。

理子は何も気づいていない。私がこんなに動揺しているのに。

1Aは綿菓子の屋台だった。二十分交代で四人で店番をするのだが、一緒に店番をする男子二人が時間になっても現れない。

「あいつら仕方ないな」

町田先生がタオルを首に巻いて汗をダラダラ流しながら綿菓子機と格闘している。ザラメを入れると、ふわーっと白い線がたなびく。

「これやってみたかった」

「私も」

理子と私は浴衣を腕まくりして、割り箸を一本ずつ持ってクルクルと回した。

「うわー、べたべた」

手首まで砂糖まみれになった。ふわふわの小さな白い雲は自分勝手に動き回り、まるで言うことを聞いてくれない。

「全然うまくいかない」

私たちが白い糸にからまっていると、

「コツがあるんだよ」

町田先生が得意気な顔で披露してくれた。生まれてくる小さな雲を器用に集めて一つに束ねていく。まるで迷える子羊を導くシェパードのようだ。この間の避難訓練でうまく指示が出せずにあたふたしながら隣の教室の先生に聞きに行っていた町田先生とは違う。今は堂々と統率し、丸くて大きな綿菓子ができあがった。

「まっちー、うまい。数学教えるより向いてるんじゃない」

理子が感心したように言った。町田先生は、まっちーと呼ばれている。

「うん。僕もそう思う」

そう言いながら綿菓子を買いに来た生徒に渡していた。理子と私は自分たちで作ったいびつな形の綿菓子を食べた。こんなふうに、友達と浴衣を着て綿菓子を食べる日が来るということを、あの暗い日々を過ごしていた自分に教えてあげたいと思った。

「いいねー。女子の浴衣姿」

クラスメイトの湊《みなと》が、にやけながらやって来た。

「うわ、きもいんだけど。ていうか、遅い。湊、店番、忘れてたでしょ」

理子が笑いながら言う。

「ごめん、ごめん」

「もう一人は？」

「うん、ちょっと用があるみたい。でも、大丈夫。俺、二人分働くから」

「いや、足手まといにしかならなそう」

「えー、そうかな。ちょっと俺にもやらせて。一回やってみたかったんだよね」

湊は特大綿菓子を作ると言い出し、ザラメを入れすぎて髪の毛までもベタベタになっていた。

「お、真菜、うまいじゃん」

湊は男子で唯一、私のことを真菜と呼び捨てにする。だから私も理子の真似をして、湊と呼ぶようになった。そして、この三人の中では一番早くコツを掴んだ私は、綿菓子を作り続けた。

店番交代の時間になり、湊が、

「ねえ、焼きそば食べない？」

と言うので、他のクラスの焼きそばの屋台に行って買って食べた。湊と理子の身長はほぼ同じだった。下駄を履いている今は、理子のほうが少し高いくらいだった。私だけが二人を見上げながら歩いている。

「あ、ラムネも欲しい」

湊は小学生のようにあれもこれも欲しがって買っていた。ヨーヨーすくいをしているときに、湊ともう一人店番だったはずの男子の姿を見かけた。女子と二人で並んで歩いている。これが、夏祭りに誕生するカップルというやつか、と私は思った。

「浴衣マジックだな」

「え？」

「なんか、浴衣着てると、女の子がみんなかわいく見える」

「何それ」

理子が湊の肩を叩いた。

「湊、おっさんみたい」

私が笑いながら言うと、

「本当、おっさんだよ」

理子も言った。

「まあ、でも、俺の妹が一番かわいい」

「え？　妹いたの？」

理子が驚いた声を出した。

「うん。むちゃくちゃかわいい。俺に目と口がそっくり」

「それってどうなの？」

「いや、まじでかわいいんだって」

「ってことは、湊、女だったらいけてたんだね」

「はあ？　どういう意味だよ。男でもいけてるじゃん」

湊と理子が楽しそうに話しているのを私も隣で笑いながら聞いていた。

「何歳なの？」

「小二」

「年、はなれてるんだね」

「うん。九歳差。いつも寝る前に、絵本を読んであげてたんだよね。だからさ、にいにいつ帰ってくるの？　早く帰ってきてって言われる。たまらないよね」

絵本と聞いて、理子と私は目を合わせた。

「いいお兄ちゃんしてるじゃん」

「そうなんだよ。あ、呼ばれてる。じゃあね」

友達に呼ばれた湊は、飄々《ひょうひょう》とした様子で向こうに行ってしまった。

「湊、幸せな家庭で育ちましたって感じがする」

「そうだね。不幸が似合わない奴だよね。ねえ、絵本ってどんなの読んであげてたんだろうね。今度、聞いてみようかな。今の小さい子たちの流行《はや》りの絵本についてリサーチしないと」

理子は、はしゃぎながら言った。私はそんな理子の様子を見ながら、理子がはしゃいでいるのは絵本の話が出たからだ、決して湊と話をしたからではない、と自分に言い聞かせていた。

六月二十二日

楽しいと不安になる。
なんでだろう。
昔から、素直じゃなかったから？
欲しいものを欲しいって言えなかったり。
寂しいのに寂しくないって言ったり。
素直に「夏祭り楽しかった」って書ければいいのに。

第8章

寮生活のスイーツ事情

Sweets Circumstances of Dormitory Life

食堂では、スイーツが出ることがある。スイーツといっても、プリンやヨーグルトなどだ。女子はそれをすぐには食べず、寮に大事に持ち帰って、お風呂上がりに食べることが多い。私と理子も夕飯に出たプリンを寮の冷蔵庫に入れた。同じプリンがたくさん入っている。間違えないように自分の名前を油性ペンで記入した。

お風呂上がりに冷たいプリンを部屋で食べると小さな幸せを感じる。シャワーを終えた桜子さんの手にもプリンがあり、嬉しそうに食べていた。そして、その数分後だった。

消灯時間まであと少しというときに、静寂を破る怒りに満ちた放送が突如として流れた。放送のスイッチがバチッと入った瞬間から、私は嫌な予感がした。その後、フーッと鼻息のようなものが流れ、

「私のプリンを食べたのだれ。今すぐ出てこい！」

という怒りに満ちた声が寮内に響いた。この声は、三年生の中でも最も恐れられている先輩だ。一体どこの恐いもの知らずの愚か者が、この先輩の名前が書かれたプリンを食べたというのだ。

一分後、また放送が流れた。

「私のプリン返せー！　早く冷蔵庫の前まで来い！」

後ろのほうで、「やめなさい」と言っている松田先生の声が聞こえた。先輩は相当ご立腹の様子だ。プリンをよっぽど楽しみにしていたに違いない。でも、出てこいと言われて出ていくようなプリン泥棒はいないだろう。

また放送が流れた。

「そっちが来ないんなら、こっちから行ってやるよ！」

ブチンと放送が切れた。

こっちから行ってやる？　もしかして、一部屋一部屋見て回るということだろうか？　寮には六十以上の部屋がある。すごい執着心だ。この部屋にも来るのだろうか。桜子さんは、歯磨きをしに出ていったきり帰ってこない。

少し不安になった。さっきお風呂上がりに食べたプリンは、本当に私のものだったのだろうか。ゴミ箱を覗いてみると、二つのプリンのカップが入っている。私は名前の書かれたふたをゴミ箱からつまみ上げた。一つには「マナ」と書かれてあり、ほっとした。

でも次の瞬間、私の全身から血の気が引いた。鳥肌がぶわっと立ち、立っているのが自分の足とは思えない感覚になった。どこかに隠さないと。そう思った瞬間、バタンと部屋のドアを乱暴に開ける音が聞こえた。私の体はびくっと跳ね上がった。さっきまでの血の気の引いた顔は一転してカーッと熱くなった。

険しい表情をした先輩が立っていた。さっきの放送から早すぎる。一部屋一部屋見て回るというのなら、三階の真ん中のこの部屋にどうしてこんなに早く来たのだ。私はとっさに、手にしていたものを後ろに隠した。

「何それ。見せて」

先輩はつかつかと私の前まで来ると、手のひらを上にして右手を突き出した。

「今隠したもの、出して」

小学生のときに読んだ四コマ漫画の「ことわざ辞典」に出てきた、蛇に睨まれた蛙《かえる》の絵を思い出した。

「消灯時間です。おやすみなさい」

という松田先生の放送が流れた。私はもう逃げられないと察して、目の前の先輩の名前が書かれたふたを出した。

「どういうこと？」

先輩は静かに低く私に聞いた。

「ち、違うんです」

私は首を横に振った。そのとき、ひょこっと桜子さんが戻ってきた。手には歯ブラシの入ったコップを持ち、首にはタオルをぶら下げて、私たちを見ると不思議そうに首を傾げて部屋から出ていった。

「え？　え？　ちょっと桜子さん」

私は悲鳴のような声をあげた。

「さくらこー！」

目の前の先輩が叫ぶと、消えた桜子さんが戻ってきた。

「あ、私、いても大丈夫？　なんかお邪魔かなーって思って」

「いや、あんたに用があるんだよ」

「え？　私、また何かした？」

またって、桜子さん、これまでにも何かしたのだろうか。

「桜子、あんたまた、私のプリンを間違えて食べたでしょう」

「本当？」

「ほら、これ見て」

先輩は桜子さんにプリンのふたを突き付けた。桜子さんはそれをじっと見ると、

「あ」

と言った。

「あんたの名前は、桜井《さくらい》ですか？」

「ううん。桜子」

「だよね。ここには何て書いてある?」

「桜井」

「うん。前もさ、サクライってカタカナで書いたヨーグルト食べたよね。それでそのときさ、間違えちゃうから私はこれから漢字で書く。あんたはカタカナで書くってことになったじゃん」

「あれ? そうだっけ? 私が漢字じゃなかったっけ?」

「違う。あんたがカタカナ。大体そもそもカタカナ漢字っていう前に、しっかりと見れば気づくでしょう。名前が違うんだから」

「そうだよね。ごめんね。私のプリン、まだ冷蔵庫に入ってると思うからよかったら食べて」

「よかったらっていうか、もちろん食べるよ。もう間違えないでよね」

先輩はそう言い残すと部屋を出ていった。桜子さんはうなだれて、気の毒なほど落ち込んでいる様子だった。

「桜子さん、大丈夫ですか? 先輩の言い方、こわかったですね」

「うーん。私は大丈夫だけど、プリン、大丈夫かな?」

「どういうことですか?」

「私、夕飯のあと、プリンをスカートのポケットに入れたままピアノの練習してたの。

本当は練習する前に寮に戻って冷蔵庫に入れようと思ってたのに忘れてて。それで、帰ってきてすぐに冷やしたんだけど大丈夫かな。体温で温まっちゃってたから、腐ってないかな」

開いた口が塞がらないというのはこういうことか、と私は思った。

「さっきプリン食べてるとき、腐ってなくて良かったって喜んでたんだけど、あれは桜井のだったから腐ってなかったんだね。あの子、お腹壊さないといいけどな」

桜子さんはそう言って部屋の電気を消すとベッドに横になり、

「おやすみるく」

と言ってカーテンを閉めた。

私は一人、部屋の中央に立ちドキドキしていた。桜子さんはわざとプリンを間違えたのではという疑念が頭をよぎったが、いやそんなはずはないと打ち消した。それにしても食べ物の恨みは恐ろしいと思った。

「鈴蘭寮のみなさん、今から平田《ひらた》先生が寮内に入られます。繰り返します。今から平田先生が寮内に入ります」

落ち着いた、でもはっきりした口調のアナウンスが女子寮内に響き渡った。平田先生とは、三年生の進路相談を担当している男性教師だ。

鈴蘭寮に入寮して一か月半が経つ。この丁寧なアナウンスの裏に隠された本当の意味を今の私は知っている。真意はこのようである。

「みんなー！　男が入ってくるぞ！　裸でウロウロしているやつは今すぐ服を着ろ！」

そのとき私は理子の部屋に行く途中で廊下を歩いていたのだが、お風呂場のほうからドドドドドドッという地鳴りがして、上級生が片手に洗面器を抱えバスタオルを体に巻き付けた恰好で私の横を走り去っていった。暑いので、バスタオル一枚の姿で部屋からお風呂場を往復する人が増えた。もっとも、男性教師が女子寮内をウロウロすることなどない。談話室か自習室のどちらかに顔を出すくらいだ。

私は理子の部屋のドアをノックした。

「はーい」

中から声が聞こえたのでドアを開けると、理子と奈々美がいた。

「遅くなってごめん」

私は購買で買ってきたポテチと炭酸飲料の入った袋を奈々美に差し出した。

「ありがとう。じゃあ、塗っていこう」

部屋の中央には、理子の机と部屋民の机をくっつけて置いてある。椅子もどこかで借りてきたのだろう。四脚置いてあった。机の上には、十枚近くの食パンと大量のジャムやクリームの小袋が置いてある。

今日は、梓の誕生日だ。誕生日会をしようと、奈々美が言い出した。

「お姉ちゃんはいつも、友達の誕生日にパンケーキを作ってお祝いしてるんやて」

「パンケーキ？」

私が想像したパンケーキは、母が時々焼いてくれたものだ。バターとはちみつをかけて食べる、甘くてやわらかいまん丸の形。けれど、奈々美の言うパンケーキのパンは、四角い食パンのことだった。平らなプラスティックのお皿の上に、一枚一枚のパンにピーナッツバターやイチゴジャムを塗って重ねていく。

ちなみに、食堂にバターナイフなどはないため、生徒はみな箸を使って器用にバターやジャムを塗る技術を習得する。一本の箸を使って袋の中身を余すところなくクルクルと出し、きれいにのばす。コツさえ摑めば箸できれいに塗ることができる。三人で塗っていく食パンは、パティシエの作るデコレーションケーキのようで惚れ惚れしてしまった。十枚の重なった食パンはなかなか荘厳な佇《たたず》まいだった。ケーキの一番上を飾るパンは、白いクリームでコーティングし、チョコレートで、

“We love Azusa”

と、奈々美が大きく書いた。けれど、多分ゆっくり書きすぎたからだろう。字は震え、ｅという字は潰れ、お世辞にもきれいには仕上がらなかった。

「もうやだー。おかしなってもた」

奈々美は泣き顔になっていた。大丈夫、大丈夫、味があっていいよと慰めたあと、理子がチョコレートを受け取りパンの周りのお皿に、

"Happy 16th Birthday!!"

と書いた。絵がうまいとこういうのも上手く書けるのか、と思わず感心してしまった。

「さすが！　最初から理子に頼んだらよかった」

「違うでしょう。奈々美が書くことに意味があるんだよ。気持ちは伝わるよ」

と言う理子の言葉に、

「うん。じゃあ、呼んできてもいい？」

と言って、奈々美は部屋を出ていった。

理子の部屋で梓の誕生日会をすることになったのは、奈々美の部屋にはよく梓が来るからだ。準備をしている最中に見つかってしまったらサプライズではなくなってしまう。私の部屋も、梓の部屋のすぐ近くだったので、出入りしているのがばれる可能性がある。

理子の部屋には梓が来ることは滅多にない。それに、理子のルームメイトも協力してくれて、机や椅子を貸してくれた。

「ねえ、理子の誕生日はいつ？」

梓の誕生日会の話が出てからずっと知りたかったことを私は聞いた。

「八月五日。真菜は？」

「三月二十四日」

「二人とも休み中じゃん。パンケーキ作ってもらえないね」

こうやってお祝いすることも祝ってもらうこともできないのが残念だった。それでも、私は理子に何かプレゼントを送ることはできる。帰省日までに住所を聞いておこう。そうだ、住所もだけど、私は理子の連絡先を何一つ知らない。奈々美と梓の連絡先だって。

その事実に気づいたとき、私は少し焦ってしまった。一緒に暮らしている仲の良い友人たちの連絡先をいまだに知らないなんて。毎日顔を合わせて、用があればすぐに会いに行ける場所にいるからこんなことに気づかなかった。

ドアが三回ノックされ、ゆっくりと開いた。奈々美がドアの隙間から顔を出し（いい？）と唇を動かしたので、二人で大きく頷いた。奈々美が一気にドアを開け、それを合図に三人で、

「梓、お誕生日おめでとう！」

と、盛大な拍手を送った。梓は両掌を頬に当て目を丸くした。

「えー⁉　何、何？」

「まあ、まあ、座って」

奈々美が梓の背中を押して、椅子に座らせた。

「じゃあ、やっぱり、歌っとく？」

そして私たちは、バースデーソングを歌った。この歌を歌うのは何年ぶりだろう。肩をすくめて照れたように笑う梓がかわいらしかった。

「いや、もう、本当、感激。すごいね。この食パンタワー」

「食パンタワーじゃなくて、パンケーキ。それでは、ケーキ入刀、お願いします」

奈々美は梓に、会食室から借りてきたパン切り包丁を渡した。梓は嬉しそうにパンケーキに入刀した。そして、見事にパンケーキは雪崩《なだれ》を起こした。キャーキャー言いながら四人で食べる誕生日ケーキはおかしくて、楽しくて、そして甘かった。

六月二十五日
友達の誕生日会をした。すごく喜んでくれた、と思う。でも、一番仲のいい子と私の誕生日は長期休暇中だから、ちょっと残念。
ねえ、パパは、私の誕生日を覚えてる？

第9章

告白

Confession

「ぶおー」

という音で目が覚めた。はっとして飛び起き、自分が昨日の服のままで寝てしまったことに気づいて驚いた。

いつもの松田先生の起床を知らせる放送とクラシック音楽がかかった。

「グリーグの朝」

桜子さんの、のんびりとした声が聞こえた。

昨日学期末テストが終わり、寝不足が続いていた私はベッドに倒れこんでそのまま眠ってしまったようだ。あとでたたもうと思っていた洗濯物の上で寝たようで、洗ったばかりの服がしわくちゃになっている。

ベッドカーテンは開けっぱなし。口を開けてよだれを垂らしながら寝る姿を見られていたら恥ずかしいなと思った。

「真菜ちゃん、よく寝てたね」

「ちょっとびっくりです。歯を磨かずに寝てしまったのなんて初めて」

「えー。そうなの？　私はしょっちゅうだよ」

桜子さんのかわいらしい口からは、あまり聞きたくない言葉だ。

「さっきの、ぶおーっていう音、あれ、時々聞こえる気がするんですけど、何ですか。牛の鳴き声みたいな」

「ああ、あれ、ほら貝だよ。男子寮の寮監が毎朝起床のときに吹いてるんだよ。風向きによってかな。よく聞こえたり聞こえなかったり。今日はよく聞こえたね。先生の調子もいいのかな」

ほら貝。イメージができるような、できないような。大きな貝というのは分かる。

「にしても、真菜ちゃん、おもしろい。牛の鳴き声って。牛さんはこうだよ。ンモォー」

桜子さんは鼻の穴を膨らませて、野太い声で牛の鳴き声を真似しはじめた。私なんかより桜子さんのほうがずっとおもしろい。桜子さんと部屋民になって二か月ちょっと。大分慣れてはきた。耳がいいからか、動物の鳴きまねが上手い。そう、すごく上手いのは分かるが、みんなの憧れる桜子さんが朝から全力で牛の真似をしているなんて、部屋民以外の誰もが想像しないことだろう。

学期末テストは、中間テストより期間が長かった分、集中力が途切れて歯の立たない科目もあった。特に数学はひどい点だった。

テスト後の休日ということもあり、寮内はいつもより気の抜けたような雰囲気が漂っていた。恒例の「美女の湯」に明るいうちから浸かりながら、私は帰省のことを考えていた。夏休みにはサマーキャンプに参加するとか、海外にいる両親のところに行くとか、そういう話が周りから聞こえてくる。私は家に帰ることを思うと落ち着かなかった。家に帰れば父がいる。今はリモートワークをしていると母が言っていたから、毎日ほとんど家にいるということだ。父にどんな顔で会えばいいのだろう。こんなことを考えたって仕方ないのは分かっている。でも……。連日の疲れから、頭がぼーっとしてきた。

「椿さんだよね？」

はっとして横を見ると、すぐ隣にプリンの桜井先輩がいた。鋭い目つきで見つめられると、思わず緊張で声が上ずってしまった。

「あ、はい」

何か怒られるようなことをしていないか、最近冷蔵庫で冷やして食べたスイーツを反射的に思い出した。

「前はアメリカに住んでいたんでしょう？」

ああ、そういう話か。以前アメリカに住んだことのある人や、留学に興味のある人から、時々話しかけられることがある。

「そうです」

私は、愛想笑いを浮かべながら頷いた。

「お父さん、インドで大変だったね」

その瞬間、周りの世界が固まった。呼吸も心臓も静止したような感覚だった。そのあと、周りの景色がぐにゃりと歪み、湯舟にもたれかかっていた背中がズズズと落ちていった。

「キャー」

という悲鳴が遠くで聞こえ、意識が遠のいていった。


私は自分のベッドで目を覚ました。気を失って何も覚えていない、ということはなく、ところどころ記憶がある。素っ裸の私は数人に抱えられるようにして脱衣場まで行くと、そこで崩れるようにして床に倒れた。バスタオルの上に寝かせられ、松田先生が、

「のぼせたのね」

と言っていた。多分、桜井先輩だと思うが、私に冷たい水を飲ませてくれて、服を着せてくれた。私は恥ずかしさから、周りに向かって、

「大丈夫です」

と連呼したような覚えがある。

「真菜？」

驚いたことに、理子が私の顔を覗き込んできた。

「理子、ずっといてくれたの？」

「さっき、桜井先輩が、真菜がのぼせて倒れたからそばにいてあげて、って言いに来たの」

「そっか。桜井先輩、ほかに何か言ってなかった？」

「別に何も。あ、お水飲む？」

理子からマグカップを受け取ると、一気に水を飲み干した。

「ごめんね、心配かけて」

「びっくりしたよ。でも怪我してなくてよかった」

理子の笑顔を見ていたら、私は涙が出てきた。

「え？　何？　真菜、どうかした？」

「私、もうダメかもしれない」

「何が？」

「みんなに、ばれちゃう」

私が泣き終わるのを、理子は背中をさすりながら待ってくれた。私は、大きく息をつくと、

「理子の住所、教えてほしい」

と言った。

「住所？」

理子がきょとんとした顔をした。私は引き出しから生徒手帳を取り出した。

「夏休み中に、手紙を送りたいなって思って」

「手紙！　いいね。私、手紙なんてもらったことほとんどない」

私は生徒手帳の後ろのほうの白いページを理子に差し出した。理子はサラサラと住所と自分の似顔絵を描いた。理子は自分の顔をわざと不細工に描く。

「ありがとう。手紙、絶対に送るから」

「うん。楽しみ。私も返事書く」

よかった。夏休み中に楽しみなことが一つできた。でも、これくらいじゃ私の不安はまだ消えない。

「真菜、大丈夫？　無理に話してほしいわけじゃないけど、私でよかったら聞くよ」

……話したい。誰かにこの気持ちを話して、少しでも楽になりたい。でも、こわい。

「ありがとう。あとでさ、スマホ持ってきて連絡先交換しない？　やっぱり手紙だけじゃ無理があるよね」

理子はまだ心配そうな顔をして、うん、と頷いた。

九時になってすぐに、二人で寮監室に行ってスマホを受け取った。松田先生に体温

を測られ平熱を確認すると、

「今日は早く休みなさいね。水分もしっかり摂ってね」

と言われた。

理子と私は連絡先を交換してから、二人で写真を撮った。

「お母さんに送っていい？」

母は、私に友達がいるのか心配しているはずだ。きっとこの写真を見れば喜ぶに違いない。

「うん。私も送る」

すぐに既読になり、母から返信があった。

「友達？　何て名前なの？　すごく美人な子だね。ハーフなのかな？」

「理子。美人だよ。ハーフみたいだけど日本人」

と送った。

「お母さん、理子のこと、すごく美人だって」

「え？　まじで？　嬉しい。うちのお母さんは仕事中みたい。既読つかない」

今は夜の九時過ぎだけど、理子のお母さんはまだ働いているのか。私が思わず意外そうな顔をしたからだろう。理子は、

「看護師なの。夜勤が多くて」

と言った。

「だから、寮のある学校に入ったんだ。ほら、高校ってお弁当の必要なところが多いし、部活とか入ると帰りも遅くなるじゃん。お母さんに負担かけるし、すれ違いばかりになっちゃうかなって。そしたら、お母さんがこの学校のパンフレットを持ってきて、二人でいいねってなって。私が寮に入ったほうが安心だって」

初めて聞く話ばかりだった。理子のお母さんが看護師というのには少し驚いたけれど、そういう理由でこの学校を選んだというのが理子らしいと思った。私は自分の環境を変えるためにこの高校を選んだけれど、理子は人のためにこの学校に来た。

「理子はやっぱり理子だ。かっこいい。私は自分が情けない」

「何で？」

「私は中学校に馴染《なじ》めずに、逃げ出したくてここに来たのに」

「真菜は大変だったと思うよ。中三でアメリカから転校はきついよ」

「たしかに苦労したけど、でも、もっと努力できたと思う。それに、今また、逃げ出したいと思っていることがある」

「え？　何？」

私は、どんな言葉を選ぼうかと思案した。けれど結局、どんな言葉を選んだところで、みんなをだましていたことには変わりない。だから、理子だけには正直に話して本当のことを知ってもらおうと思った。理子はこの話を聞いても、きっと態度を変えたりはしない。そう信じたかった。

「私が一か月入学が遅れた理由、本当は病気なんかじゃなかったの」

理子は目を大きく見開いた。

「一年半前、私とお母さんは日本に帰ってきたんだけど、お父さんだけはアメリカからインドに横移動で赴任になったの」

あのとき、母は、私が中学三年生という年になるから高校受験のことを考えて日本に帰ると言い出した。だから父は一人でインドに行くことになった。でも、母は私を理由にして帰国を選んだけれど、本当はインドではなくもっと住みやすい場所だったら父についていったんじゃないかと思っている。

「インドで単身赴任していたお父さんが、今年の三月下旬、事故で入院したって連絡が来て。それでお母さんが慌ててインドに行ったんだ」

真菜も一緒に行く？　と言われたけれど、私は、どっちでもいい、と答えた。本当は一緒に行きたかった。でも、母は一人で行きたがっている様子だった。なぜなら、インドにいる父の様子がまるで分からなかったから。家でペットの犬と留守番をしていた時間は、不安と寂しさでいっぱいだった。入学、入寮のための準備が何もできず、ただ母の帰りを待った。毎日、スマホとパソコンを眺め、犬の散歩とコンビニで食事を買うときだけ外出した。

「お父さんね、住んでいたアパートのベランダから転落したって。それで複雑骨折の重傷だって聞かされた。ベランダから誤って転落したのか、それとも自分で……。お母さんは私に詳しいことを言わないし、私もこわくて聞けない」

理子は眉のあたりに皺を寄せて、私をじっと見ていた。私の知っている父は、自殺などする人間ではない。でも、私は父のことをどれだけ知っているというのだろう。

「お父さんとお母さんは、入学式の前日に日本に帰ってきてね、お父さんはそのまま日本の病院に移送されてお母さんだけが家に帰ってきたんだけど、私の入学どころじゃなくって、お母さんは学校に、病気で入学が遅れるって電話をしてた」

母が嘘《うそ》の電話をしているのを見て、私は、父が自分で飛び降りたことを確信した。すっかりやつれてしまった母が、ごめんね、迷惑かけて、と泣いているのを私は何も言わずに眺めていた。父には面会に行かなかった。父の顔を見るのがこわかった。会っても話すことはなかった。口を開いたら、きっときつく問い詰めてしまったと思う。お母さんと私を残してどうして死のうとしたのか。何かとてつもなく辛いことがあったのかもしれない。でも、自殺という選択肢をなぜ選んだのか理解できなかった。父はそんな人ではないはずだった。

「私、家に帰るのがこわい。退院して家にいるお父さんに会いたくない。どんな顔で会えばいいのか分からない。本当のことを知るのもこわい。だから、また逃げ出したくて仕方ない。今日ね、桜井先輩に、お父さん大変だったね、って言われたの。多分、桜井先輩、私のお父さんのことを知っているんだと思う。きっと、桜井先輩のお父さんか知り合いの人がインドに赴任中で、私のお父さんの事故のことを知って、桜井先輩に教えたんだと思う。こんなこと、学校のみんなに知られたくない。嘘ついて入学が遅れたことも、お父さんが飛び降りたってことも、知られたくない。私、寮にも家にもどっちにも居場所がない」

理子が私の手を握った。太ももをずっと叩き続けていた私の拳を、理子は力強く握りしめた。私は初めてちゃんと泣くことができた。

七月九日

胸が苦しい。人は色々なことを隠して、偽って、それを背負って生きている。
パパは一体どういう人なの。どうして私を置いていったの？
私は強くなんかない。弱虫で、今でも抱きしめられたいって思ってる。

第10章

帰省

Homecoming

私の父のことは、何の噂《うわさ》にもならなかった。そして、桜井先輩からの手紙が靴箱に入っていた。

「この間はごめんなさい」

ただそれだけが書かれてあった。桜井先輩が倒れた私を介抱してくれたのは、あとで色々な人から聞いた。自分のタオルを何枚も使って、私の頭や首を冷やしてくれたらしい。海外駐在中の日本人コミュニティは狭い。インドから大怪我をして帰国した人の娘が同じ学校にいるという話を聞き、単純に心配してくれただけなのかもしれない。そうだったら、私のほうこそ謝りたいような気持ちになった。

帰省日の前日は終業式だった。初めて制服を着て寮を出た。暑いのでブレザーは着なくてもよいと言われた。白シャツに茜色のネクタイを結ぶのだが、母に一度教えてもらっただけでは上手くできない。桜子さんに教えてもらおうとして、結局、時間がなくて結んでもらった。桜子さんが私のネクタイを結んでくれている間、顎を上げて何もせず突っ立っている自分がひどく幼く思えた。桜子さんの髪からは甘い香りがふわっと漂い、その柔らかそうな髪に触れてみたいと思った。

教室の雰囲気は大分違った。着る物で人はこうも変わるのか。普段着姿しか見ていないから、男子がいつもよりかっこよく見えた。でも、誰よりも制服が似合っていたのは理子だった。ウエストの位置が高く、スカートから真っすぐ長い足が伸びている。理子が着けると茜色のネクタイが映えた。

「おはよう」

と声をかけられたとき、心臓がキュッとなる感じがした。

「おはよう」

私は眩しいものを見るように理子を見上げた。

「真菜、顔が赤いよ。大丈夫？　熱？」

「あ、ちょっと暑くて」

私は手の平でパタパタと火照《ほて》った顔をあおいだ。

終業式はログチャペルで行われた。講壇の上のほうにあるステンドグラスから光があふれている。オリーブの葉をくわえて飛ぶ鳩がまぶしかった。前にチャペルに来たのは夜に行われたブラスバンドのコンサートを聴きに来たときだったから、ステンドグラスからあふれ出す光の美しさを知らなかった。

昼の顔と夜の顔。寮にいると、人の両方の顔を知ることになる。男子や先生の前での態度と女子寮の中での態度が全然違う人、学校では勉強もできてしっかりしているのに部屋の整理整頓ができない人がいる。

そんなことを考えていると、聖歌隊の生徒たちが出てきて前に並んだ。その中に桜子さんの姿があったので私は驚いた。桜子さんは楽譜をピアノの譜面台に置くと、他のメンバーと一緒におじぎをした。

私は初めてちゃんと桜子さんのピアノの演奏を聴いた。桜子さんがピアノを弾いた途端、蒸し暑かったチャペルの中に風が流れたような感覚がした。桜子さんは音で、理子は絵で表現ができる。それがとても羨ましいと思った。理子が言うように、もし私に言葉を紡ぐ才能があるのなら、私はそれをもっと伸ばす努力をするべきなのかもしれない。

「アーメン」

気が付くと牧師さんのお祈りが終わっていた。私はワンテンポ遅れて、「アーメン」と口の中でもごもごと唱えた。


帰省日の朝の寮内は騒がしかった。私は寮監室に預けていたお金とスマホを取りに行き、朝食を抜いてスーツケースに荷物を詰めていた。昨夜荷造りをしたつもりでいたが、洗濯かごに入っている洗濯物のことをすっかり忘れていた。ビニール袋に慌てて押し込んでいると、理子が部屋に顔を出してくれた。

「真菜、元気でね」

理子はお母さんが車で昼前くらいに迎えに来るのだそうだ。

「理子もね。なんか寂しいな」

私がそう言うと、理子は私をぎゅっと抱きしめてくれた。理子の匂いがした。理子が使っている柔軟剤の匂い。理子は私の背中をポンポンと叩いた。

私は奈々美と梓と一緒にバスに乗って駅に向かった。駅に着くと、三人はそれぞれ方向が違うので人目も気にせずハグをして大声で、

「バイバイ。元気でね」

と言いあった。

私は一人で電車と新幹線に乗った。新幹線の中では、ホームで買ったお菓子を食べながら母にメッセージを送った。

「今、新幹線に乗ったよ」

しばらく既読がつかなかったが、送信してから三十分後に返信が来た。

「北口から出てきてね」

「大丈夫だよ。迎えに来なくても」

「もう家出ちゃった」

ハートがいっぱいのスタンプが送られてきた。母のウキウキしている様子が伝わっ

てきて、ちょっとかわいいなと思った。でも、家で待っている父のことを思い出すと、複雑な気持ちになった。

改札口のすぐ近くで、小柄な女性が身を乗り出して手を振っていた。母は、前より一回り小さくなったような気がした。

「おかえり」

「ただいま……って、まだここから家までけっこうあるけど」

「まあね。お腹空いてる？　お昼ごはん食べない？　さっき、良さそうなお店見つけたの。とりあえず、そのスーツケースは一旦コインロッカーに預けちゃおうか」

母は早口で一気にまくしたてた。お洒落《しゃれ》な和風カフェに入ると、

「お父さんは、家にいるの？」

料理の注文をしたあと、私は母に聞いた。

「いるよ。真面目な人でしょう。毎朝八時半になると書斎に入って、十二時になるとリビングに来てご飯を食べるの。そして一時から五時半までまた書斎に引きこもってる」

「ふーん。仕事、してるんだね」

「うん。お母さんもね、仕事をはじめたの。アルバイトなんだけど」

「お母さんが？」

「うん。ショッピングモールの時計屋さん」

「へー」

母が働きに出るなんて意外だった。

「週に三日だけなんだけど、中国語と英語が話せるって言ったら、外国人のお客さんも多いからぜひ来てくれって」

「え、お母さん、中国語と英語、そんなに話せるの？」

「医療通訳とかだったらこわいけど、時計の販売くらいなら大丈夫。笑顔で堂々としていれば何とかなるのよ。それにね、英語圏のお客さんは全然来ないの。中国人のお客さんはよく来るんだけど、日本語が話せる人がけっこう多かったり、はじめから翻訳アプリを使おうとしていたりね」

「でも、どうして働きたいって思ったの？」

「んー。お金はあるに越したことないでしょう。それにね、ずっと書斎を気にして家にいるのに疲れちゃったのよね。三食用意して片付けて、大きな音を立てないように掃除して。寝転がってテレビを見ていると後ろめたいような気になっちゃうし」

母は、おしぼりで手を拭きながら言った。あとの理由が本音なのだろう。

食事のあとは母と買い物をした。私の服を見に行き、いつものように意見が分かれ、そのあとはデパ地下でお惣菜《そうざい》を買った。母は明らかに浮かれていた。私と久々に会えたのが嬉しいのか、それともいつもとは違う場所での買い物が楽しいのか。

「そろそろ帰ろうか。ルカがお腹空かせちゃうから」

　ペットの犬のルカのご飯を心配して、電車に乗り込んだ。電車の中では学校の様子を聞かれた。

「理子ちゃんと一番仲がいいの？」

「うん」

　一緒に絵本を作っているという話をしようかと思ったが、それを言ったら絶対に、どんなお話なの？　見せて！　と言い出すに決まっているから伏せておいた。絵本のイメージは大分固まってきた。私は理子の絵が生きる絵本にしたかったから、ドラゴンのお話にしたいと強く言った。そして、一人のおばあちゃんが捨てられていた赤ちゃんドラゴンを拾って育てるお話でいくことになった。

　あちこちでおしっこをもらしてしまったり、火を吐く力が調節できなくておばあちゃんの焼き魚を黒焦げにしてしまったり。大きな犬にしっぽを嚙まれたときはおばあちゃんが犬を追い払い、怪我の手当てをしてくれる。そんなふうにちびドラゴンに手を焼きながらも、一緒に寝起きしてかわいがるおばあちゃん。そのうち、おばあちゃんよりも大きくなって、おばあちゃんの手となり足となり杖となっておばあちゃんの面倒を見る。今では何でもおばあちゃんより上手にできてしまうのだが、おばあちゃんはいつまでもその大きなドラゴンに赤ちゃんのように子守歌を歌って、自分の毛布をかけて寝かせつける。

「さ、降りないと」

母に言われて、はっとした。最寄り駅に着いていた。父のいる家に帰るのだ。自分の家に帰るのにすごく緊張していた。五時半を過ぎていたので、母はエントランスのインターホンで部屋番号を押した。

「はい」

という男の人の声がした。懐かしい父の声だった。エレベーターに乗っている十秒くらいの間、私は緊張で固くなっていた。目的の階に着きエレベーターの扉が開いた途端、小さな犬がものすごい勢いで飛びこんできた。

「わ、ルカ、ただいま」

ちぎれんばかりにしっぽを振るルカが、私のところに来てくれた。多分、父の開けたドアの隙間から飛び出したんだろう。喜びを抑えられない様子で、私の手をなめたり、飛びついたりしている。ルカはちょっと見ないうちに、毛色がだいぶ白くなった。子犬のときは真っ黒だったのに、ヨークシャーテリアは成長するにつれて色がどんどん変わっていく。多分、毎日一緒にいる母は変化に気づいていないだろう。少しだけそれを寂しく思った。

「分かった、分かった。よし、よし。覚えていてくれてありがとう」

この世で一番強いのは、無邪気だと思う。こんなに素直に喜びを表現されたら、硬くなっていた表情も一瞬で崩れてしまう。

ドアを押さえた父が私に、

「おかえり」

と言ってきた。私は一瞬だけ父の顔を見た。驚くほど老けていた。頬がこけ、頭の毛が白くなっている。

「ただいま」

私は下を向いて小さな声で答えた。

父がスーツケースを家の中に運び入れようとするのを、母が、

「ちょっと待って。ふいてからにして。あ、ルカ、あんたも足をふかないと」

と甲高い声で騒いだ。いつもだったらうるさいと思うこの声に、このときばかりは救われた気がした。

食卓にデパ地下で購入した豪華なサラダやローストビーフが並んだ。私の向かいには父が座っている。目を合わせないようにして食事をした。

「明日は何食べたい？　お母さん、作るから」

「うーん、何でもいい」

「じゃあ、お肉？　魚？」

「鰻《うなぎ》……かな」

「鰻？　腕をふるえないじゃない」

「鰻、いいな。ずっと食べてないな」

父がぼそっと言った。そして突然立ち上がると、電話機のほうに歩き出した。母と私は父の背中を目で追った。

「これ、昨日ポストに入っていたんだけど、明日のお昼に頼むか？」

デリバリーのちらしだった。美味しそうな艶のある鰻丼《うなどん》の写真が載っている。平日のランチタイムはお値打ちになっていた。

「あ、いいわね。じゃあ、お昼に二人で食べて。お母さん、五時まで仕事だから」

夕食後、父が当たり前のようにルカを連れて散歩に出かけた。すると母はワイングラスを出して、冷蔵庫に入っている国産のペットボトルのワインを注ぎ食卓で飲み始めた。私には果物が丸ごと入っているゼリーを器に出してくれた。まるで晩酌に付き合えと言っているようだ。

「お父さん、毎日夜に散歩に行ってるの。昼は暑すぎてルカが行きたがらないからね。お父さんが出かけるのこのくらいだから、お母さんはこの間ちょっとひと休みしてるのよ」

母は、全身の力を抜いたような姿勢でワインを飲んでいた。

「お父さん、怪我はもういいの？」

「うん。大分いいみたい。でも、金属の板とかねじとかがまだあちこちに入ったままでしょう。それで、違和感を覚えて寝苦しいときもあるみたい。雨の日なんかは鈍痛もあって痛み止めを飲んでる」

「ふーん」

父の体の中のあちこちに金属製のものが入っている。怪我の大きさを思い知らされた。

「さ、お風呂入っちゃいなさい」

「うん」

小さいけれど静かなお風呂に入り、その夜はもう父と顔を合わすことはなかった。


翌日、目が覚めると脳がうろたえた。家に帰ってきたことを実感したあと、時計を見ると朝の九時半になっていた。十時間も寝続けたようだ。カーテンを通り越して差し込む光が眩しかった。

ダイニングに行くと、母の置き手紙があった。

「仕事に行ってきます。朝ごはん食べてね。三時ごろに洗濯物を入れてくれると助かる」

私は、お皿の上に載ったフレンチトーストと果物を食べた。三か月前まであんなにやつれていた母は、前以上に元気になっているような気がする。母の逞しさに驚き、感心した。父は、書斎で仕事をしているのだろう。時々、電話をしているかのような話し声が聞こえた。私はテレビをつけた。おもしろそうなものは何もやってない。スマホを出して、ちょっと迷いつつも理子にメッセージを送った。

「おはよう。爆睡しちゃった。早速、食べて寝ての繰り返しで太りそう」

既読になったのは一時間後だった。

「太った真菜を見るの楽しみにしてる！　でも、私も同じだよ」

理子の返事を読んで安心したような嬉しいような気持ちになり、私は太った男の人が笑っているイラストのスタンプを送った。リビングのドアが開き、父が顔を出した。

「お昼ご飯、鰻丼を注文するけど」

「あ、うん。お願い」

私は少しだけ頭を浮かせながらもソファに寝転がったまま答えた。

「ご飯の量は普通でいいか？」

「うん。普通でいい」

「分かった」

それだけを言うと父はドアを静かに閉めて出ていった。思わずため息がもれた。自分の家のはずなのに落ち着かなかった。

十二時にインターホンが鳴り、デリバリーの商品を父が受け取った。私は、出しっぱなしにしていた朝食のお皿を流しに運び、麦茶を二つのグラスに注いだ。

「いただきます」

父と向かい合わせで鰻丼を食べた。会話はなかった。久しぶりの鰻はおいしかったけれど、さっき朝食を食べたばかりなので正直それほどお腹は空いていなかった。

「あのさ、私、あとで買い物に行ってくる。友達の誕生日プレゼント買いたくて」

父の目を見ないようにして話した。

「分かった。お金はあるのか?」

「うん。電子マネーがある」

「そうか。気をつけてな」

そして父はまた書斎に入っていった。あの書斎には窓がある。そう思うと私の脈は速くなった。

私はそのあと日焼け止めを塗って外に出た。日差しの強さが半端ない。母の働いているショッピングモールまで自転車で行くと、時計店をそっと覗いた。母は接客中で私に気づくことはなかった。向こう側にいる母は私の知っている母とは違って、昨日よりも背が高く見えた。私は理子へのプレゼントを探しに、雑貨屋さんを三軒覗いた。かわいいルームウエアを見つけ、お揃《そろ》いで着たら楽しいだろうなと思ったが、値段がちょっと無理だった。コップやタオルなど無難なものも色々と見たが、これというものが見つからず、結局何も成果はなくドーナツを三個買って帰った。

帰宅すると四時を過ぎていたので、慌てて洗濯物を取り込んだ。母が帰ってくる前に言われたことをやっていないと、グチグチと長い嫌味を言われるに決まっている。父の書斎の前で聞き耳を立てると、中に人のいる気配がしたので安心した。

私はドーナツを食べながら「友達　誕生日プレゼント　高校生」と検索した。コスメが圧倒的に人気のようだ。でも、理子らしくはない。色々と調べていると、指のとまる写真を見つけた。輸入品の色鉛筆。そうだ。絵を描く道具。私は、「絵を描く人へのプレゼント」と検索した。聞いたことのある名前のペンが出てきて値段が高いのに驚いた。

「ただいマンゴー」

母が両手にエコバッグを提げて帰ってきた。桜子さんの「ただいマンモス」を懐かしく思ってしまった。前までは、母のふざけたギャグを鬱陶しく思っていたのに、なんだかかわいく聞こえるのが不思議だった。

私はエコバッグを受け取ると、冷蔵庫に入れるのを手伝った。

「ドーナツ？　え？　もしかして、お店に来た？」

ドーナツの袋を見た母が聞いてきたので、理子への誕生日プレゼントを探しに行ったこと、夏休み中に理子の家にプレゼントを送るつもりだということを話した。すると、母は財布から五千円札を取り出し、

「送るなら送料もかかるでしょう。あと、欲しい本とかあったら買いなさい」

と言ってくれたので、素直に受け取っておいた。書斎のドアが開く音がし、続いてトイレのドアが閉まる音が聞こえた。

「お父さん、どんな感じだった？」

母の声が少し小さくなった。

「あ、うん。ずっと仕事してたよ。お昼は一緒に鰻食べた」

「そう。おいしかった？」

「うん。鰻は学校では出ないからね」

「そうよね。今から、真菜の好物のポテトサラダとパエリア作るね。あー、パエリア作るの久しぶりだから分量忘れちゃった。ちょっと調べてくれる？」

母は仕事で疲れているはずなのに、元気で楽しそうで優しかった。

でも、帰省してから三日を過ぎると、そんな母の優しさは半減した。例えば、洗濯物を取り込むだけで「ありがとう」と言われていたのが、「取り込んだら畳んでおい

てくれる？」に変わった。そして、「ねえ、お風呂ぐらい洗ってくれる？」とも言われた。「お風呂洗ってくれない？」と言われたのなら、私は嫌な顔をせずに洗っただろう。でも、お風呂ぐらい、と言われると良い気分がしない。何もせずにダラダラ過ごしている自分への嫌味がたっぷり含まれているからだ。言い方は大切だ。

「勉強はしてるの？」と、学業の分野にも首を突っ込んできた。私は、学校から出された夏休みの課題だけは毎日少しずつ取り組んでいた。だから「やってるよ」と面倒くさそうに答えると、「でも、いっつもスマホばかり見てるじゃない」と返ってくる。そして私はリビングから自分の部屋へと移動する。塾の夏期講習に無理やり入れられるよりはましだと自分に言い聞かせながらも、でも、帰省してすぐの頃のまるで帰還兵を労わるかのような母の態度が急変したのにやるせなさを感じた。

　それに比べて父は、私に何も言ってこなかった。話すのは、お母さんがバイトで家にいないときのお昼ご飯のことだけ。「何を食べたい？」と聞かれて「何でもいい」と返す。すると父は冷凍チャーハンを炒めたり、近所の牛丼を買ってきたりしてくれた。

「あのさ」

　私は、箸を置いて切り出した。もう我慢の限界だった。こんな気持ちのまま夏休み中家にいるのは嫌だった。父の口からちゃんと聞きたかった。いや、聞きたいというより、聞いておかないといけないと思った。

「お父さん、インドで何があったの？」

父も箸を置いた。そして、お茶を一口飲むと、

「うん」

と言った。しばらく沈黙が流れた。お父さんは両手でグラスを包むと、ゆっくり回しながら揺れる麦茶を見つめていた。私は、父のタイミングをじっと待った。

「疲れてしまったんだ」

ぽつりと切り出した。

「疲れきって、すべてが嫌になったんだ。あの瞬間、真菜のこともお母さんのことも、忘れてしまった。自分のことしか考えてなかった。というより、頭が真っ白になっていた。そして、逃げ出したんだ」

と言った。やっぱり自分で飛び降りたんだ。分かってはいたし、はっきりさせたかったはずなのに、ショックだった。

「もう、しない？」

私は声が震えないように気をつけながら言った。

「もう絶対にしない。また逃げたくなったら、会社から逃げる。生きることからは絶対にもう逃げない」

生きるコトカラハニゲナイ。

「仕事、しんどい？」

「いや、今は大丈夫。もっと早く声をあげていればよかったんだけど、あのときはそういうふうに頭が回らなかった」

そっか、と私は呟くように言った。ルカが足元にすり寄ってきた。私はルカの頭をなでた。

「私のせいでもあるのかな」

父は眉間に皺を寄せて首を傾げた。

「私の学校のこととかを考えて、私とお母さんだけ日本に帰ったでしょう。だから、お父さんだけ大変な思いをした」

私は膝の上に置いた手の親指の爪をはじきながらそう言った。泣いちゃだめだ。泣きたくなんかない。涙なんか出ないで。

「真菜、そんなふうに考える必要は全くない。真菜は何も悪くない。そうか……」

父は、頭をかきむしると、大きくため息をついた。

「本当に辛い思いをさせてしまったな。悪かった」

父は私に頭を下げた。その瞬間、涙腺が崩壊した。もう自分ではコントロールできなくて、どうしようもなくて、ティッシュペーパーでどうにかなるようなものではなくて、私は洗面所に行って気が済むまで声をあげて泣いた。

理子の前でも大泣きをして、父の前でも滝のように涙を流した。一生分の涙を消費したような気がする。でも、心地よい疲労を感じた。胸のつかえが取れて、大きく息を吸うことができるようになった。


私はずっと理子の誕生日プレゼントを悩んでいた。調べれば調べるほど訳が分からなくなってきた。絵を描く人にはこだわりのメーカーがあるようだし、それにいいものとなると高校生らしい値段のものが見つからない。あまり高価なものをあげて理子に遠慮されるのは嫌だ。それとなく、理子に欲しいものを聞いてみようと思い連絡をした。

「理子元気?　毎日何してる?　こっちは暑さがやばいよ」

すぐに既読になり返事が来た。

「本当この暑さ異常だよね。今日はカラオケに行ってきたよ。久しぶりすぎて歌えなかった。寮にいたらあまりお金使わないのに帰ってきたらお小遣いが足りない」

カラオケ。きっと一人では行かないよね。中学のときの友達と行ったのかな。私は、返信するのが面倒になりスマホを放り出した。

私には地元に友達がいないけど、理子にはきっといる。私が理子の誕生日プレゼントを悩んでいる間も、理子は他の友達と夏休みを充実して過ごしている。黒いドロドロしたものが私の心を満たしていくのを感じ、慌ててそれを振り払うようにスマホをもう一度手に取った。

「カラオケ、いいね。私もずっと行ってないよ」

と嘘の返信をしておいた。カラオケがいいなどと少しも思っていない。というよりも、私は一度もカラオケに行ったことがない。中学を卒業する前に一度誘われたことがあった。クラスのお別れ会だ。でも私は、もちろん断った。誘ってきた幹事の子は、私が断ったことにほっとした様子を見せた。

「私、性格悪いな」

ぽつりと呟いた。醜い。かっこ悪い。ものすごくむしゃくしゃしてきて、明日は一人でもどこかに出かけようと思った。映画を観に行こう。お母さんにもらったお小遣いで映画を観て、大きなポップコーンを気持ち悪くなるまで食べよう。

翌日、九時から始まる映画に間に合うように久々に早起きをして出かけた。送っていこうかと言う母の申し出を断り私は自転車に乗った。自転車を漕いでいると、普段使っていない足の筋肉が喜んでいるような、そんな感覚になる。もっとも上り坂はしんどくて、電動自転車に乗ったおばさんに追い越されたのだが、汗をかいた肌が風にあたると涼しくて気持ちよかった。私は肉体を持って存在している、というのを実感した。

平日の九時の映画館はお年寄りが多かった。あまり期待していなかったアメリカのアクション映画だったが、思いのほかおもしろかった。ポップコーンは食べなかった。せっかく運動してきたのに何だかもったいないような気になったのだ。ドリンクだけを飲んで二時間半の映画を楽しんだ。

映画館を出ると母に電話をし、お昼ご飯を買って帰ろうか、と気の利いたことを聞いてみた。すると、帰り道の途中にあるパン屋でキッシュを買ってきてほしいと頼まれた。（出た、キッシュ。母の好物。でも決して自分では作らないんだよね）と思いながら私は言われたパン屋に向かう途中、大きな文房具店の前で足を止めた。アメリカから帰国して、この文房具店で色々なものを揃えた。日本の文房具はかわいいし品質が良いし充実している。選ぶのがすごく楽しくてつい長居してしまい、母に「いい加減早く決めてよ」と言われたのを思い出した。

私は自転車を停めて店内に入った。汗をかいた肌にエアコンの冷気があたり、ひやっとした。店内は思ったより人がいた。相変わらず品揃えが良くて、見ていると楽しくなった。ここまで小さくなれるのかというようなハサミやホッチキスに驚き、日本人すごいなと感心した。多機能ボールペンがかわいくて色も豊富だったので購入しようと思い、長い時間をかけて好きな色を選んだ。そして、レジに向かう途中だった。

スケッチブックが並んでいるコーナーがあった。その一番上の棚に、茶色の革のスケッチブックカバーが置いてあった。それはクリアケースの中に入れてあり、最初はブックカバーだと思ったのだが、色鉛筆を収納できるポケットがついているのを見て、

「あっ」

と思ったのだ。ダークブラウンのレザーがかっこよかった。大きなスケッチブックではなく、理子がよく私の部屋に持ってくる小さなスケッチブックが収まるサイズだった。左側のポケットには色鉛筆を二十本くらい入れられるようだ。値段は、五千八百円から三割引となっていた。在庫処分ということで、刻印サービスなしと書かれてあった。刻印サービスがあればRIKOと名前を入れてもらえたのか、とぼんやり考えた。すぐ近くにスタッフがいたので私はちょっと勇気を出して、

「すみません、これ見せてもらってもいいですか？」

と指をさした。すぐにケースの中から品物を取り出して渡してくれた。思ったよりもずっしりとして固かった。

「残り一点のみとなっています」

と言われ、私はこれを逃したら理子へのプレゼントはもう見つからないと思った。三割引した値段を計算し、何とか電子マネーで払えることを確認すると、私は決めた。妙にドキドキしながらレジに向かうと、思っていた値段より消費税分高いことを知ら

された。電子マネーの残高が足りない。手持ちの現金は三千円ちょっとしかない。どうしよう。スマホを片手に、

「あの」

と切り出した。

「電子マネーで払おうと思ったんですけど、ちょっと足りなくて。足りない分を現金で払うことってできますか?」

と正直に話した。するとすぐに、

「はい、できますよ」

と何でもないことのように言われた。案ずるより産むが易し。アメリカの小学校で、よく似たことをランチママに言われた。私に友達ができなくて、ランチタイムになるといつも先生が私のところに来て一緒にご飯を食べてくれた。するとクラスメイトから「ランチママが来た」とささやかれるようになった。英語が下手だから友達ができない、私と話しても誰も楽しくない、などと私が言い訳を並べていたら、ランチママは「そんな心配するよりも行動を起こしてみたら。けっこう簡単なことかもしれないわよ」と言ってくれた。そして、Be Strong とオペラ歌手のように歌っていた。

「贈り物ですか?」

と聞かれたので、はい、と答えた。

「無料のラッピングサービスがありますけれど、どうされますか？」

きっと有料のラッピングサービスもあるのだろう。けれど、無料のというところに力をこめて聞かれたような気がした。

「お願いします」

と答えて店内でしばらく待った。そういえば、多機能ボールペンのことを忘れていた。スケッチブックコーナーに行くと、棚に置かれたままのボールペンと替え芯があった。私のペンは今度百均で購入すればいいと思いながら元の場所に戻した。

理子へのプレゼントは、緑の包装紙に包まれ小さな金色のシールが貼られて戻ってきた。

私は興奮した気持ちで自転車にまたがった。ちょっと高い買い物をしてしまった緊張と、理子が喜んでくれるかの不安と期待からだった。

マンションの駐輪場に着いて、パン屋に行くはずだったことを思い出した。家に戻ると、

「遅かったわね。あれ？　キッシュは？」

と母に言われた。忘れてしまったことを言おうとしたら、

「もう売り切れてた？　最近あそこ人気なのよ、テレビに出たとかで。残念、真菜ちゃんにも食べさせたかったのに」

と一方的に言われたので、私は、

「うん。残念。また今度、もっと早い時間に行ってみるよ」

と返しておいた。自分のことをちょっとずるいな、と思った。

私は理子に手紙を書いた。シンプルなメッセージにしようと思った。英語で筆記体で書いてみたが、破り捨てた。結局、「理子へ。お誕生日おめでとう。十六才が最高の年になりますように。これからもよろしくね。真菜」と書いた。「よろしくね」という部分を、最初は「友達でいてね」と書こうとしたのだが、長年の寂しかった一人ぼっち気質が染みつき、理子に友達をやめないでとすがりついているかのようでやめた。次は、「仲良くしてね」にしようと思ったのだが、仲良くというのは言われてするものではなく望んでするものだと頭のどこかで考える私がいて、やめた。

アメリカに行ってすぐのとき、母が近所の子どもに「一緒に仲良く遊んでくれる?」と言い、その日一日は一緒に遊んだことがあった。でも次の日から、私と目を合わせるとその子は逃げていくようになった。同じ年頃の子だったが、英語の話せない内気な外国人のお守《もり》りはつまらなかったのだろう。とにかく私は、理子に重くとられるのは嫌だったので一番無難な「よろしくね」とした。よろしく……。どうとでもとれる都合のいいフレーズ。

その夜は、理子の夢を見た。理子は浴衣を着ていた。私たちは一緒に花火大会に行くところだった。お互いの家が思ったより近かったことに気づき笑いあっていた。

目が覚めると、自分自身に思わず引いた。どれだけ理子のことを考えているんだ私は、と自分に突っ込んだ。そして、新幹線で二時間以上の距離は近所の花火大会に一緒に行けるほど近くはないよな、と思った。理子と一緒に、行ったことのない近所のカラオケ店へ行ったり、お互いの家を行き来してお菓子をつまみながらおしゃべりしたりしてみたい。家が近くだったらよかったのに。

朝食のときに、珍しく納豆を食べている母を見て「私にもちょうだい」と言うと、目を丸くして「食べられるようになったの？　前まではにおいも嫌だって言ってたのに」と驚かれた。そして、心の中で1、2、3、と数えながら納豆をかき混ぜ50で手を止めた。もしかしたら理子も今、同じように朝食を食べているかもしれないと思った。

八月五日。理子が今日プレゼントを受け取りますように、と心の中で願った。スマホに何度もメッセージを書いては消し、プレゼントを手にした理子がメッセージを送ってくれるのを期待して待つことにした。

夜になっても理子からは何も連絡がなかった。もしかしたら、旅行中なのかもしれない。それともまだ届いていないのかもしれない。悶々《もんもん》とした時間を過ごした。

十時を過ぎたときだった。突然、スマホから音が鳴った。理子からの着信だった。音声通話だ。心臓がドキンと音を立て、早く出ないと、と気が急《せ》いてスマホを落とした。待って、切らないで、そう心の中で唱えながら人差し指をスライドした。

「もしもし」

自分でも驚くほど大きな声を出していた。

「あ、真菜。ごめんね、こんな時間に。今、大丈夫？」

久しぶりに聞く理子の声だった。体が震えた。

「うん、大丈夫」

私はお風呂から上がったばかりで、まだ髪が濡れていた。毛先から垂れる雫がパジャマの肩の部分を濡らした。

「真菜、ありがとう。プレゼント届いたよ。びっくりした。すっごくすっごく気に入ったよ」

よかった。本当によかった。

「理子、お誕生日おめでとう」

「ありがとう。なんだか真菜の声が懐かしいような気がする。元気にしてる？」

「うん。元気だよ。あのね」

「うん」

「お父さんと話すことができた」

理子には伝えておきたかった。あんなに理子の前で泣きじゃくったのだから。

「そっか。ちゃんと向き合ったんだね」

「うん」

「えらいよ、真菜は」

「ありがとう」

それから私たちはビデオ通話に切り替えた。理子の髪は少し短くなっていた。久しぶりにお互いの顔を見て、二人で照れて笑いあった。映画の話をしたり、理子がルカを見たいと言うので寝ているのを起こされて不機嫌な様子のルカを見せたりした。

一時間くらい話したあと、

「じゃあ、またね」

「うん。またね。おやすみ」

と言って切った。私はベッドに仰向けに寝転んだ。

理子、理子、理子。私は理子の余韻に浸った。

第11章

部屋替え

Room Change

二学期が始まった。約二か月ぶりの再会をする女子たちの騒がしいこと。また生きて出会えたことが奇跡であるかのように、飛び跳ねながら、

「髪伸びたね」

「痩せたんじゃない？」

「きれいな二重になってるじゃん」

「アイプチを極めたよ」

などと、甲高い声でキャーキャー騒いでいた。そうしてまた日常がスタートする。

私の机の上には新しいものが加わった。夏休みの終わり頃に理子から送られてきた絵ハガキを写真立てに入れて飾っている。ハガキからはみ出るほどの迫力で描かれた寝起きの不機嫌なルカの絵だ。こちらを軽く睨みつける生意気な目がそっくりだ。I miss you と書かれてある。その言葉が嬉しくて、見るたびににやにやしてしまう。

教室で、理子と湊が背中をくっつけて背比べをした。先学期まではほぼ変わらない身長だったのに、今は湊のほうが二センチほど高い。

「少しだけ、湊のほうが高いかな」

と私が言うと、

「よっしゃー」

と湊が喜んだ。

「毎日昼過ぎまで寝てた甲斐《かい》があった」

それ寝すぎだよ、と突っ込む理子と、天真爛漫《てんしんらんまん》な笑顔を浮かべる湊を、私は羨ましく思って見上げた。私の身長は中一から伸びていない。


夏が終わり朝晩が冷え込むようになったとき、部屋替えが行われ、桜子さんと離れてしまった。桜子さんは最後の夜に、

「ねえ、二人で秘密のパーティーしない？」

と小声で言い、ホットケーキミックスと牛乳を取り出した。どうやって焼くのだろうと思っていると、アイロンとアルミホイルを出してきた。

「ええ？　まさか……」

「えへへ。そのまさかだよーん」

桜子さんはアイロンを逆さまにすると、分厚い辞書で挟んで固定した。私は大丈夫なのかと不安に思ったが、好奇心が勝ってしまった。アルミホイルでアイロンの大きさの三角形のトレイを作ると、そこにホットケーキの生地を流し込んだ。トレイから生地があふれ出てあわあわしながらも、なんとかホットケーキが焼き上がった。

「あふい。おいひい」

桜子さんは口いっぱいに頬張りながら笑った。卵の入っていない、アイロンで焼いたホットケーキを食べるのは人生初のことだった。桜子さんの言うように、熱くておいしくて、そして楽しかった。桜子さんはさらに、小さなプレゼントを差し出してきた。私は驚きながらも受け取り袋の中を見ると、モモンガの柄のハンカチが入っていた。

「真菜ちゃんに似てるから買っちゃった」

と言っていつものようにヘラヘラと笑った。私は何も用意していなかったので焦ったが、

「モモンガに似てますか？」

と一緒になって笑った。私はそのとき、自分で思っている以上に桜子さんのことが好きだったんだなと思った。

新しい部屋は一階の端だった。前の部屋と比べると暗くてじめじめしている。部屋民は二年生の紗雪《さゆき》さんだった。華奢で小柄な体からは想像できないくらいにおしゃべりを続ける。かと思うと、ベッドの周りのカーテンを閉め切って読書に没頭したりもする。個性的な人だという印象を受けた。

理子との時間は、部屋で過ごすのではなく校舎の図書室で過ごすことが増えた。紗

雪さんのおしゃべりが止まらなかったり、紗雪さんの読書の邪魔をしたくなかったりで、私の部屋は絵本部の活動には不向きだった。二階の真ん中になった理子の部屋に行くこともあった。理子の部屋民は、遠くにある矯正歯科に行かなくてはならないかで、月に一度、土曜日の朝から日曜の夕方まで不在にした。だからそのときは、私は枕を持って理子の部屋に行き、決して広くはないベッドで二人並んで寝た。ベランダにマットを敷き、毛布をかぶりながら星を眺めたりもした。楽しかった。理子との時間は幸せだった。こんなに素敵な人と出会えたことに感謝していた。理子のためなら私は何かを犠牲にしても良いと思った。

ある日、いつものように理子と夜の自習時間を図書室で過ごしていた。図書室に行くときはいつも茶色の革のスケッチブックカバーを理子は手に持っていた。理子が持つと様になる。それが嬉しかった。私は理子と過ごすこの穏やかで温かい時間が何より好きだった。

私たちは、春に締め切られる絵本のコンテストに出すことを目標にしていた。すると、湊がふらりとやって来た。

「何やってるの？」

湊は、理子と似たところがある。一人でいることも恐がらないのに、人にも気軽に話しかけられる、どこか飄々とした感じが二人は似ている。

理子はスケッチブックを両手に持ったまま私を見て、

「見せていいよね？」

と言った。

（え？　見せるの？）

絵本部は、理子と私の二人だけで共有していることだった。秘密にしているというわけではないが、奈々美にも梓にも言っていなかった。それを、こんなにもあっさりと、しかも湊に教えるなんて。でも、私は嫌とは言えず、

「うん」

と言った。スケッチブックを覗き込んだ湊は、

「ワオ！」

と大袈裟《おおげさ》に驚き、

「何これ。絵描いてるのは理子？」

と言った。理子は照れくさそうに頷いた。

「真菜がね、ストーリーを考えて文をつけてくれてるの」

「へー。このドラゴン、すげー好き」

湊は顔をくしゃくしゃにして笑った。他のページもすべてめくって長い間見つめて

いた。

「どう思う？」

理子は湊に感想を求めた。

「うん。負けず嫌いだけど臆病な性格のドラゴン、めちゃくちゃかわいい」

理子は嬉しそうに私のほうを見て笑った。

「でもさ……。あ、いいや」

「え？　何？」

「んー。生意気なこと言ってもいい？」

私は多分、眉間に皺が寄っていたと思う。何を言い出すつもりなんだと警戒していた。でも理子は、

「言って。気になる」

そう答えた。

「ファンタジーなわけじゃん。だからさ、もっと現実味が欲しい」

「は？」

「ファンタジーだからこそ、リアルな感じが欲しいっていうかさ。小っちゃい子ってさ、色々夢見てるんだけど、案外現実問題も分かってるんだよ。妹の好きな絵本でさ、すっげー大きくなる木が庭にあったらいいなっていうやつがあるんだけど。あれ、大

きな木があったらああしたい、こうしたいって思いながらも、庭の狭さとか話を聞いてくれないお母さんとか、すごい現実的な場面が多くてさ。それがいいんだよ。

他にも、有名なドラゴンの童話があるけど、あれもめっちゃファンタジーだけど、お腹が空いたときの食べ物問題とか、そういう現実的な部分が一番記憶に残ってたりする」

何も言い返す言葉が出てこなかった。ファンタジーだからこそリアルな感じが必要。たしかにそうかもしれない。私は、あまりにも頭の中がお花畑で、きれいに話をまとめようとしてしまっていた。

「湊、たくさん絵本読んでるだけあるね」

理子が感心したような顔をしていた。私も、認めざるを得なかった。だから呟くようにこう言った。

「今のアドバイス、的確だと思う。ありがとう」

「いやいや、生みの苦しみを知らない何もしてない奴が偉そうにって感じだよな。でも、また読ませてよ。すごい気になる」

「じゃあさ、湊も手伝ってよ」

「え？」

私は、理子の言葉に目を丸くして驚いた。

「湊も加われば、もっといいものになるんじゃない？」

「俺、仲間に入っていいの？　やったー」

湊は無邪気にはしゃいでいる。理子の表情もすごく嬉しそうだった。

私は、自分の座っている椅子が急に小さくなっていくようで、今にも椅子から転げ落ちてしまうのではないかという錯覚を感じた。

そしてその翌日、夜の自習時間が残り一時間になったとき、本当に湊は私たちのところにやって来た。理子は笑顔で湊を迎え、私たち三人は大きな声を出さないように顔を寄せ合って色々と話した。湊はいい奴だ。実際、どの男子よりも気さくで話しやすい。でも、なぜかこうして三人でいるとイライラしてしまう。私の一番大切にしていた時間が侵食されていく、そういう感覚がした。

洗面器を抱えてお風呂場に行くと脱衣場で理子に会った。お風呂から上がったばかりの理子は、頬が赤く染まり、濡れた黒髪とまつ毛がつややかに光っていて、私は直視することができなかった。

「さっき、梓が上がっちゃって、奈々美はまだ中にいるよ」

「そうなんだ」

「今日も図書室行くよね？」

「うん。準備できたら理子の部屋に行くね」

「分かった。待ってる」

「じゃあね」

私はドキドキしながら服を脱いでお風呂場に入った。

理子の言ったとおり、奈々美の姿を洗い場で見つけたのですぐ隣に座った。

「真菜、すれ違っちゃったね。さっきまで理子もいたんだよ」

「うん、脱衣場で会った」

「理子って羨ましいくらいスタイルいいよね。ついつい眺めちゃうんだよね。私、変態かな」

私はぎこちなく笑った。今でもまだ心臓がドクドクいっている。奈々美が変態なら、私は何だろう。同性の友達に対して胸が高鳴るなんておかしいのだろうか。

「私のお母さん、宝塚が大好きなんだけど、理子の写真見せたらキャーキャー言ってた。男役やってほしいって」

「へー」

宝塚。女性が女性に憧れ、ファンになる。綺麗《きれい》なものには誰でも魅かれる。私の気持ちもそれと同じなのだろうか。私は友達として理子のことが好きで、人間としても尊敬していて、かけがえのない存在だと思っている。でも、そういう相手にドキドキしてしまうことはおかしいのだろうか。友達として好きとか、異性として好きとかいう話をよく聞く。その好きの違いは一体何なのだろう。

「ねえ、奈々美」

「ん？」

「先輩と付き合い始めてどう？」

「んー。毎晩、電話したりメッセージ送ったりしてるくらいだよ」

「そっか。あのさ、どんな感じ？」

「何が？」

「その、うまく言えないんだけど、ほら、好きな芸能人に抱く気持ちと、仲のいい子に対して思う気持ちと、先輩に対して思う気持ち、何が違うの？」

奈々美が、きょとんとした顔をして私を見た。ああ、私、変なこと言ったかな。みんなは当たり前のように分かっていることを私は分かっていない。だからおかしく思われて当然だ。

「推しに対しての気持ちは、もう、キャーッて感じ」

奈々美は笑いながら言った。奈々美には、大好きで推しているアイドルがいる。

「見ていてキュンキュンするし悶《もだ》えるし。でもこれは、別世界の中の話なんだよね。ほんで常に一方通行の話。私のことを知らなくたって私は好きで応援してるよーって。

仲のいい男子は、いい奴だと思えるし好感も持ってるけど、それだけ。その子を独占したいとは思わないし、その子に好きな子ができたら協力してあげたい。あと、普段その子のことを考えたりすることはあんまりないな。

で、先輩に対しては、一方通行じゃ嫌だし、先輩に他に好きな子ができたら拗《す》ねるし嫉妬するし怒るし泣くと思う。ふと、今何やっとんのかなーなんてことも考えたりする。そういう違いかな」

私は身を乗り出して聞いていた。

「なに、なに、真菜、気になる人がおんの？」

「うーん。そういう気持ちがよく分からなくて、どこまでが友達として好きで、どこからがそれ以上なのか、みんなどうやって見極めるんだろうって」

「真菜は真面目やな。私はそんなに深く考えへんかった。好きって言われたらどんどん気になって、先輩のことを考える時間が増えて、で、付き合ったらどうなんかなーってよく想像するようになった。先輩が他の女子と一緒にいるのを見たときすごくいやーって思って、ほんで私、先輩のこと好きなのかもしれんって思って付き合った」

私は頷きながら聞いた。そして、「勉強になりました」と言って深々と頭を下げた。

奈々美は、誰もいなくなったお風呂の中でゆうゆうと平泳ぎをはじめた。奈々美の右肩には大きな傷痕がある。なるべくそこに目がいかないように気を付けた。前までは、奈々美は隅にあるシャワーだけですませていた。人の輪の中にいることが多くいつも元気な奈々美が、お風呂場では隠れるようにしていた。傷痕を気にしていたのだと思う。それが最近は、吹っ切れたようにお風呂に浸かるようになった。

本当は、「その傷どうしたの?」と聞いてみたい気持ちがある。傷跡というのは、その人の歴史の一部のようなものだから、友達の過去に起こった出来事を知りたいと思ってしまう。でも、まだダメだと思い自分を制止している。いつか奈々美から話してくれる時が来るかもしれない。

「真菜が気になってる人って誰だろう」

奈々美の言葉に、私は笑ってごまかした。

七時になり、私は理子の部屋をノックした。理子は新しいニット帽をかぶって待っていた。

「かわいい、その帽子」

「ありがとう。お母さんが送ってきてくれた」

理子は嬉しそうに言った。

図書室に着き、いつもの人が少ない奥のほうの席に向かうと、そこにはすでに湊の姿があった。理子は当たり前のように湊の向かいの席に座った。

「それ、いいじゃん」

湊は理子のニット帽を指さした。

「ちょっとかぶらせて。そういうの欲しかったんだけど、似合うか分かんないんだよね」

湊は理子からニット帽を受け取ってかぶると、

「どう?」

と聞いてきた。その瞬間、やめて! と私は心の中で叫んだ。理子の物に触れないで。

「うん、いいんじゃない。似合ってると思うよ。私ほどじゃないけど」

理子は笑って答えていた。理子と湊の距離がどんどん縮まっていく。ここにいる私は邪魔者なんだろうか。理子が湊のものになってしまうのが嫌だった。この気持ちは何だろう。嫉妬? 私は理子のことを友達としてではなく、違った意味でも好きなんだ。私は、普通ではない気持ちの悪い人間なんだろうか。理子がこれを知ったらどう思うだろう。私のそばから離れてしまうかもしれない。私は言いようのない恐怖を感じた。

十月二十六日

好き、なのかな。好きなのかもしれない。

でも、だからって、どうしたいのかはよく分からない。

第12章

リップクリーム

Lip Balm

「奈々美のお姉ちゃんにまじで感謝」

今日の梓は、いつも以上にテンションが高かった。会食室でお菓子を作るという念願が、やっと叶った。会食室は予約をすれば使用できるのだが、いつも予約がいっぱいだった。そんなとき、奈々美のお姉さんが予約をした会食室の使用権を譲ってくれたのだ。大学のオープンキャンパスに行くことになったからだそうだ。

私たちは四人で、何を作るかを予め考えて材料を買っておいた。クッキーなら、四人でたくさん作ってそれを分けることができる。スポンジケーキも焼きたかったが、時間も余裕もなさそうだったのであきらめた。

チョコチップを入れてみたり、ココアパウダーを混ぜてみたり、思ったよりもうまくできて、奈々美と梓は喜んでいた。奈々美は付き合っている先輩にあげると言って、かわいくラッピングをしていた。梓も気になっているクラスメイトにあげるようで、

「ねえ、理子は湊にあげないの？」

と言った。

「何で湊？」

「だって仲いいから」

「うーん。まあ、あげてもいいかな」

理子は笑って言った。

え？

私は思わず固まってしまった。理子が湊に手作りのお菓子をあげる？　そんなことしたら、湊は誤解してしまう。いや、誤解じゃないかもしれない……。理子は、湊のことをどう思っているんだろう。私はこわくて聞けなかった。

「真菜は？」

「あ、私は、桜子さんにあげる。部屋替えのときにかわいいプレゼントもらったから」

「なんか桜子さん、三年生男子が一度は通る道らしいよ」

「一度は通る道？」

「うん。みんな一度は好きになっちゃうらしい」

「分かる。あのかわいさは破壊力すさまじい」

寮生活という濃い付き合いの中であっても、同性にも異性にも好かれる人っていうのがこの世に存在することに私は改めて驚いた。

そして、理子は本当に湊にクッキーをあげるようで、百均のラッピングフィルムに形の良いものを選んで入れていた。

「それ、湊にいつあげるの？」

「今夜、図書室で会ったときにあげようかな」

「そっか。私、今日はパソコンで調べたいことがあるから図書室に行かずに寮の自習室にいるね」

「え？　真菜、もしかして気を遣ってる？　別に友達としてあげるだけだよ。そんな特別な意味はないよ」

「うん。分かってるよ。本当に調べたいことがあるの。ほら、進路希望調査をもらったでしょ。私、大学の名前も全然知らなくて」

「あー、あれね。私もまだ全然イメージ湧かない。何となく真菜は留学するのかと思ってた」

「留学は、どうだろう。まず、自分のやりたいことがよく分からないんだよね。理子は上の大学に行くことは考えてないの？」

　この高校にはエスカレーター式で進める大学がある。

「それでもいいかなと思う。でも、美大っていう選択肢もちょっと魅かれる」

　そうだ。理子には絵がある。もしこのまま理子が上の大学に進むのなら私も一緒に、なんて安直なことを考えていたけれど、美大なんて行かれたら違う世界の人になってしまう。

その日の自習時間は、私は部屋で過ごした。紗雪さんはカーテンの中のベッドで寝ているのか本を読んでいるのかよく分からなかったが静かだった。九時を過ぎたとき、私はかわいくラッピングしたクッキーを持って桜子さんの部屋に行った。桜子さんは案の定部屋にはいなかったので、メッセージカードと一緒に机の上に残しておいた。帰りに、理子の部屋の前を通ったので寄ってみた。湊に渡せた？　と、明るく自然に聞いてみようと思った。ノックをしたが返事がなかった。ドアを少しだけ開けると、誰もいないのに部屋の電気はついていた。まだ図書室から戻ってきていないのだろうか。そう思うと心がざわざわした。私は理子が戻ってくるのを中で待つことにした。

お菓子作りなんて慣れないことをしたせいか、少し疲れていたので理子の椅子に座りぼんやりしていた。机の上にはリップクリームが転がっている。色のついていない無色の薬用リップクリーム。奈々美や梓の持っている色や香りのついているものではなく、昔から変わらない感じのするやつ。私はそれに手を伸ばした。スティックの蓋を外し、ゆっくりと回すと、使いかけの乳白色のリップクリームが出てきた。私はそれをそっと自分の唇に当てた。その瞬間、部屋のドアが開いた。理子が驚いた様子で立っていた。慌ててリップクリームを元に戻すと、

「ごめん」

と咄嗟に謝った。

「ん？　何が？　ああ、リップ？　いいよ、使って。それより、ずっと待ってたの？」

理子はジャケットを脱ぎながら、意外そうな顔をした。

「今、来たところ。桜子さんにクッキー渡して、そのついでに理子の部屋を覗いてみた。電気がついてたから、すぐに戻るかなーと思って」

私は半笑いの引きつった顔で言い訳をダラダラと述べた。理子の目を真っすぐに見ることができなかった。

「そういえば、湊に渡せた？」

なるべくさり気なく聞いたつもりだった。理子は眉を八の字にして、

「うーん。餌付けしたって感じ」

と言った。少し寂しそうに無理して笑う理子のそんな表情を見るのは初めてだった。

「餌付け？」

「湊さ、真菜がいなくてすごく残念そうだったよ」

「え？　なんで？」

「英語のレポートを見てもらいたかったって言ってた」

そういうことか、と思わずほっとした。

「湊ね、今日、夕飯を食べ損ねたんだって。それで私がクッキー出したら、やったー、助かるって言ってガツガツ食べてた。なんかさ、おなかを空かせた子犬に食べ物をあ

げてる感覚だったよ」

その様子が想像できてしまった。子犬のように喜ぶ湊。しっぽがついていたら、ブンブンと振り回していたに違いない。多分、その場に少しだって色気はなかったのだろう。

「なんか湊らしいね」

と私が笑うと、理子も、

「だよね」

と言ってため息をつきながら笑った。湊が鈍感なやつでよかったと思いながら、寂しそうな理子を見ると心が痛んだ。

「消灯五分前です」

寮長の声の放送がかかった。

「あ、帰らないと」

「おやすみ。また明日ね」

「うん、おやすみ」

「あ、ねえ、真菜」

「ん？　何？」

理子は私の目をじっと見つめてから、

「ううん。何でもない。おやすみ」

と言った。

十一月二十日

もやもやする。何なんだろう、この気持ち。じとーっとしたものが貼り付いて離れない。

男とか女とか、友達とか彼氏とか、もう面倒くさい。どうでもいい。

そもそも、好きという気持ち、必要？

そんなものがなければ、嫉妬という感情は生まれないし、人付き合いも楽に、人生もっとうまくやっていけるんじゃないの。

でも結局、私が一番気になっているのは。

私はどう思われているんだろう。

第13章

ファンタジーの真相

The Truth of Fantasy

その夜、私はなかなか寝付けなかった。リップクリームに唇をつけたのを見られてしまった。理子はどう思っただろう。私は一体何をやっているんだろう。恥ずかしくてたまらない。部屋を出る前、理子は何かを言おうとしていた。あれは何だったんだろう。何度も寝返りを打ち、ため息をつき、やっとまどろみかけたとき、紗雪さんの声で起こされた。

「真菜ちゃん、真菜ちゃん」

すぐそばで声が聞こえるような気がする。ベッドのカーテンを開けると、薄暗い中で紗雪さんが床に座っていた。

「どうしたんですか？」

私は体育座りのような恰好をしている紗雪さんを寝ぼけ眼《まなこ》で見下ろした。

「足を切っちゃって、血が止まらない」

「え？」

私は自分の机の上にあるライトをつけた。部屋が明るくなり床が照らされた。その瞬間、思わず悲鳴をあげてしまった。紗雪さんの足の下に血だまりができている。紗雪さんは困ったかのように首を傾げて、

「切っちゃった」

と笑って言った。そして、早口でこうなったいきさつを説明し始めた。

「スウェットのタグのところがチクチクして気になったから切ろうとしたんだけど、はさみがなくて、カッターナイフを使ったのね。そうしたら、勢いがつきすぎて、自分の膝まで切っちゃった。もう、本当バカ」

一体どうやったら膝が切れるのか分からないが、紗雪さんの膝からは血が流れ出ていた。

「どうしよう。とにかく、先生のところに……」

私はベッドから出ると紗雪さんの脇の下に腕を入れて立つのを手伝った。そして、一緒に寮監室まで行った。呼び鈴を押し、ドアを何度かドンドンと叩いた。紗雪さんは、

「ごめんね～」

と言って笑いながら、真っ赤に染まったティッシュで膝を押さえていた。パジャマ姿の松田先生がドアを開けたとき、紗雪さんと私は息を呑んだ。松田先生が髪をおろしていたのだ。いつもきっちりお団子ヘアで、髪をおろしているのを見た生徒は誰もいないという伝説だった。

先生は状況を把握すると紗雪さんを部屋に入れた。私はとりあえず自分の部屋に戻

ると、床についた血を雑巾で拭った。時計を見ると二時だった。こんな真夜中に私は一体何をやっているんだろう、と思わずにはいられなかった。なかなか紗雪さんが戻ってこないので、私はもう一度寮監室に行った。松田先生はもう服を着て、髪はいつものように後頭部でまとめていた。

「ああ、真菜さん。今から夜間外来に行くことになったから。悪いんだけど、彼女の何か羽織るものを持ってきてくれる？」

私は急いで紗雪さんの椅子の背にかかっていたフリースを部屋から持ってきた。

「ありがとう。もう大丈夫だからゆっくり休んで。あなたも大変だったわね」

部屋に戻っても、興奮していて寝付けなかった。結局その後、一睡もすることなく四時頃になったとき、紗雪さんが松田先生と部屋に帰ってきた。

「大丈夫ですか？」

紗雪さんの膝には、包帯が厚く巻かれていた。

「うん。ごめんね、迷惑かけちゃったね」

「そんなことはいいんです。痛みますか？」

「うん。ズキズキする。三針も縫っちゃった。でも、痛み止めもらったから大丈夫」

紗雪さんはアハハと笑った。

「朝食は病人食にするから。パンでいいかしら。あまり動かないでね」

そう言い残すと疲れた顔をした松田先生は部屋を出ていった。病人食というのは、病気で食堂まで行くことができないときに寮の部屋まで運んでもらえるサービスだ。おかゆをリクエストすることもできる。

「松田先生の髪をおろしている姿、見ちゃったね。すっごいレアだよね」

紗雪さんはおもしろそうに言った。私はあまり笑えなかった。

「お薬飲むなら、お水持ってきましょうか？」

「うん。お願いしようかな」

紗雪さんのマグカップを受け取ると、洗面所の給水器で水を汲んだ。鏡を見ると、目の下にひどいクマのできた自分の姿が映っていた。

朝食は一人で食堂で食べた。食欲がなく、少しだけおかずをつまんで牛乳を飲んだ。登校時刻になったので、私は紗雪さんを手伝って寮を出た。包帯で膝が曲がらないため足をひきずっている。紗雪さんのかばんを持ち、紗雪さんの速度に合わせて校舎まで行った。途中で、

「真菜、おはよう」

と理子の声が背中から聞こえた。私はびくっと身体を震わせてしまった。

「おはよう」

努めて自然に振る舞った。理子が怪訝《けげん》そうな顔で紗雪さんの足を見た。

「紗雪さん、足を怪我しちゃって、昨日病院に行ったの」

本当は今朝だけど……と思いながら私は理子に話した。

「真菜ちゃん、もう大丈夫だよ。先に行っていいよ。ありがとね」

紗雪さんは私からかばんを受け取ると、手を小さく振った。私は理子と並んで歩き出した。隣にいる理子は、昨日のことをまだ覚えているだろうか。リップクリームのこと、どう思っているだろう。私は何か話さなくちゃと思い、

「雨ふるかな。私、洗濯物干してきちゃったけど」

と言った。

「大丈夫じゃないかな。私も干したよ」

「そっか」

それで会話が終わってしまった。


夜の七時になったとき、出かける準備をした。いつものように理子の部屋に行き、それから一緒に図書室に行く。図書室には湊もいるだろう。昨日のクッキーのせいで、二人はより親密になっているかもしれない。

部屋のドアを開けた途端、目の前に松田先生が立っていたので小さく悲鳴をあげてしまった。松田先生は小さな声で、

「ちょっといい？」

と言って私を手招きした。

「え？」

私は嫌な予感がした。家で何かあったのかもしれない。お父さんか、それともお母さんに何か……。私の心臓はドキドキと大きく音を立てながら、松田先生の後ろを歩いた。寮監室に入ると松田先生はドアを閉めて、

「温かいお茶飲む？」

と聞いてきた。先生にお茶をいれてもらうのは初めてのことだった。先生が急須から湯呑みにお茶を注ぐ間、私は気が気ではなかった。よくない話だという予感は確信に変わっていた。

先生は椅子に座り、

「んー」

と細く長く息を吐くと、

「ごめんなさいね、自習時間なのに。あのね、紗雪さんの怪我のことだけど、真菜さんの見たことや、紗雪さんから聞いたことを教えてほしいの」

と言った。

「ああ」

私は安堵した。そういうことか。紗雪さんの親御さんに報告するために、どういう状況だったのかもっと詳しく知りたいのだ。よかった。家で何かがあったわけではなかった。私は、深夜の出来事を思いつく限り話した。一通り話し終えて松田先生の顔を見たとき、

（あれ？）

と思った。何か違和感を覚えた。

「今までも、何か変わった様子はなかった？」

松田先生は私の目を真っすぐに見てそう聞いた。私はうろたえた。そして、感じた違和感の正体が分かった。松田先生はよく、寮日誌という分厚いノートを広げて鉛筆でメモを取っていることが多い。でも、今、松田先生はテーブルの上で手を組んでいた。寮日誌はどこにも見当たらない。

「何でもいいの。彼女のことで、何か気づいたことはない？」

私は、背筋がぞわっとした。松田先生は今から本題に入ろうとしている。私はやっと理解した。

「先生は、紗雪さんがわざと自分を傷つけたと思っているんですか？」

声が震えてしまった。松田先生は少しの間視線を外すと、

「分からない。でも、そういう可能性があるのだとしたら、気にかける必要があるか

ら。傷口がね、そうなんじゃないかってお医者様に言われたの」

と言った。私は椅子の背もたれに背中を預け両腕を垂らした。よく笑いよくしゃべるおもしろい人。それが私の見ている紗雪さんだ。心の弱い人だと思ったことはなかった。でも、それは父も一緒だった。父のことを弱い人間だと思ったことは一度もなかったのに。

「ごめんなさい。不安にさせてしまったわね」

私は首を横に振って言った。

「あの、今までそんな様子は微塵も感じませんでした」

「そう。分かった。ありがとう。もし、何か小さなことでも感じることがあれば、すぐに話してね。それから、このことは変な噂が広まるといけないから人には話さないでくれる？」

寮監室を出てからどうやって自分の部屋に戻ったのか覚えていない。部屋の前まで来ると、私はドアを開けるのをためらった。今、紗雪さんとどんな顔で会えばいいのか分からなかった。理子の部屋に行くのもよくないと思った。私の様子がおかしいのに気づいた理子は、きっと理由を聞いてくる。私は隠しごとが下手くそだ。

結局、私は一人で校舎に行った。誰もいない暗い教室の電気をつけ、自分の席に座ると、机に顔を突っ伏した。

「真菜？」

明るい声が聞こえたので顔を上げると、教室を覗き込む湊の姿があった。私は湊の顔を睨みつけるかのようにじっと見た。

「どうしたの。一人って珍しいじゃん。もしかして、理子と喧嘩《けんか》した？」

私はため息をついた。

「してないよ。湊こそどうしたの？」

「一人でふらふら歩いてる真菜を見て、ついてきた」

湊はチョークで黒板に落書きをはじめた。多分、猫型ロボットを描いているつもりだ。

「湊さ、理子のことどう思ってる？」

「え？」

チョークを持つ手が止まった。

「どうって……」

湊は首を傾げて考え込むような顔をした。私は静かに自分自身に驚いていた。私は一体何を言い出しているんだ。もし、湊が理子のことを好きだと言ったら、私はどうするつもりなんだ。

「話しやすくて、おもしろいやつだなーって思ってる。でも、真菜の質問は、こういうことじゃないんだよね。恋愛対象かどうかってことを聞いてる？」

私は、こくっと頷いた。

「よく分からないんだよね。今の友達の関係が楽しいんだよな」

湊は、はにかむように笑った。根っからのいい人間なんだろうな。裏表なく、純粋で。そんな湊を見ていたら、無性に困らせてやりたくなった。

「じゃあ、もし私が、湊に好きって言ったら、湊はどうする？」

「え？」

湊は明らかにうろたえた。湊と私が付き合ったら、理子はきっと傷つくに違いない。でもきっと理子は、そういう気持ちを隠して接してくれる。「お似合いじゃん」なんて笑って言うんだろう。そして、湊に理子を取られることはなくなる。

「ごめん、何でもない。忘れて。私、もう帰る」

「真菜」

引きとめようとする湊の声が聞こえた。でも、私は逃げるようにして教室を出た。

私は最低だ。理子にも湊にも、最低なことを考えた。自分にこんなことをする一面があったとは思ってもみなかった。

夜中にまた目が覚めた。紗雪さんがベッドから抜け出す気配を感じたからだ。紗雪さんはドアを開けて部屋を出ていった。私も急いでベッドから出るとドアを開けて廊下を見た。紗雪さんの後ろ姿があった。どこに行くのだろうか。大丈夫だろうか。父親のことと紗雪さんのことがどうしても重なって見えてしまう。そっとあとをつけると、紗雪さんはトイレに入っていった。ほっとしてから私は部屋に戻り、紗雪さんの帰りを静かに待った。紗雪さんはすぐに戻ってきて、ベッドに入ると小さな寝息を立てはじめた。

私はそのあと、眠ることができなくなった。紗雪さんは何で自分を傷つける必要があるのだろう。先生の言っていることが間違いであってほしいと思う。でも、紗雪さんが時々不安定な精神になることには気づいていた。マシンガントークをはじめたかと思ったら、ベッドのカーテンを閉めて殻に閉じこもってしまったり。私は、紗雪さんのこと、そして、理子と湊のことをぼんやり考えていた。

翌日は休日だったので、明け方にやっと眠りにつき九時過ぎまで寝てしまった。起きると紗雪さんの姿はなく、私の机の上には置き手紙があった。理子からだった。かわいいおばけのイラストが描かれ、

「おはよう。昨日、部屋で待ってたんだけど何かあった？　奈々美が、湊と真菜が教室にいるのを見たって言ってた。真菜、何か私に話しにくいこととかあったりする？無理に話してほしいわけじゃないけど、でも、私も知りたいことがあるから、あとで

部屋に来てくれるかな」と書かれてあった。

そうか。奈々美に見られてたのか。話は聞かれたんだろうか。私は手紙を三回読み直し、理子はきっと誤解をしているだろうなと思った。でも、私と湊のことを勝手に間違った想像をしてしまうほど理子は湊のことを好きなんだということに、私はショックを覚えた。理子がどんどん遠ざかっていく。どうしてこうなってしまったんだろう。

私は胃のあたりを押さえた。キューッという痛みを感じた。私は着替えて髪をとかすと、理子の部屋に向かった。理子の部屋に向かうのにこんなに足取りが重くなる日が来るなんて想像もしなかった。

理子の部屋のドアをノックしたが、返事がなかった。ドアを開けるとやはり誰もいなかったので、私は理子の椅子に座り帰りを待つことにした。こうしていると、リップクリームのことを思い出してしまう。早く忘れたい。きっとあれは私の黒歴史になる。

理子の知りたいこと、というのは、湊のことに違いない。私は湊のことを何とも思ってないと答える。そうしたら理子は、安堵《あんど》の表情を浮かべるのだろうか。もしも理子から、湊のことが好きだと言われたら、私はどんな反応をすればいい？　笑って、応援するよ、と言えばいいのかな。でも、そんなに器用じゃない。今でも想像しただけで涙が出そうになる。別に友達じゃなくなるわけじゃないのに、何でこんなに寂しくなるんだろう。

五分ほど待ってから私はメモを残して自分の部屋に帰ることにした。

何か書くものはないかとあたりを見回し、少しだけ開いたままになっている一番上の机の引き出しを開けた。そこには見慣れないノートがあった。絵本の創作ノートかな、と思い手に取った。

開いた瞬間、「だめ」という強い声が頭の中で響いた。

開かれたページには、文字がぎっしり書かれていて、日付が入っていた。

今ならまだ間に合う。元の場所に戻そう。読んじゃいけない、早く閉じなくちゃ。

頭では分かっているのに、目が釘付けになってしまった。

五月七日の日記だった。**「私はちゃんと笑えてる？　私の笑顔は偽物っぽく見えてないかな。みんなに合わせて笑って話して。そんな自分が嫌になる。――この日記は、理髪師が叫んだ井戸の底。井戸はパパのところに繋がって私の声が届く、なんてことはあるわけない。」**

ドクンと心臓が跳ね上がった。これは、本当に理子が書いたのだろうか。理子はいつも真っすぐで、自分にも周りにも正直に生きている。理子の笑顔には嘘偽りはない、そう私は思っていた。

ページをめくった。

五月十一日。**「あの二人が、人に隠しておきたいようなことを話しはじめたとき、次は自分の番じゃないのか、何か秘密を暴露しろと強要されるんじゃないかって緊張した。」**

奈々美と梓のことを言っている。理子が二人のことをこんなふうに思っていたなんて。

十月二十六日。**「好き、なのかな。好きなのかもしれない。でも、だからって、どうしたいのかはよく分からない。」**

湊、のことだろう。これが、理子の本音。眩暈に襲われそうな感覚を必死で抑えた。

十一月二十日。**「男とか女とか、友達とか彼氏とか、もう面倒くさい。どうでもいい。」**

友達、面倒くさい。私のことだ。私のことが面倒くさいのだ。

理子が、あのいつも凛《りん》としてかっこいい理子が、動揺したり迷ったりしている。私の中で、何かが音を立てて崩れていった。

そして、私は日記の中である違和感を覚えた。「パパ」。何だって理子は、何度もパパに向かって話しかけているんだろう。

「パパは、私の誕生日を覚えてる?」「パパは一体どういう人なの。どうして私を置いていったの?」。そういえば、理子から父親の話を聞いたことは一度もない。

ドアノブを回す音が聞こえたときはもう遅かった。見られたくないばつの悪いことをしているときに、その人は来る。部屋に戻ってきた理子は最初私の姿を見つけ、少しほほ笑んだ。でもすぐ次の瞬間、私が手にしているものを見ると顔を真っ赤にして取り上げた。今まで見たことのない形相だった。そして、

「出ていって」

と怒鳴った。

「ごめ……」

「いいから出てって」

私はよろよろと立ち上がった。理子は呟くように、

「最低」

と言った。

その日から、理子と過ごすことはなくなった。そして、私は食事が食べられなくなった。奈々美と梓は、理子と私の間に何があったのかを聞いてきたが、「ごめん」と言って答えなかった。私は、食堂に行ってにおいをかいだ途端、吐き気をもよおした。だから、朝も昼も夜も食堂には行かなかった。それでも何か食べなくてはと思い、インスタントのカップスープを飲むが吐いてしまった。吐くという行為は、苦しくて悲

しい。

学校に行くことも億劫《おっくう》で、私は調子が悪いと言って休むことにした。

登校時刻が過ぎ、時が止まってしまったのではと思うくらい寮内が静かになったとき、松田先生が病人食を部屋に運んできてくれた。私が寝ているベッドの端に腰かけ、

「おかゆ、食べられる？」

と聞いた。私は首を傾げて、

「ちょっと無理かもしれないです」

と答えた。

「じゃあ、よかったらこれ飲んで」

有機りんごと書かれた高そうな紙パックのりんごジュース。きっと食堂にあったのではなく、松田先生のものなのだろう。私は起き上がるとストローをさして飲んだ。味はしなかったが、冷たい液体が喉を流れていくのを感じながら吐き気をもよおさないことに安心した。

「昨日と一昨日、食堂に行ってないでしょう」

私は頷いた。松田先生は何も言わず、私の隣にただ座っていた。私はゆっくりリンゴジュースを飲み干すと、

「先生、私、家に帰りたいです」

　と言った。そしてその言葉を言い終わると、涙が流れた。手で拭っても、布団の上にぽたぽたと涙が落ちた。

「分かった」

　松田先生は、私の背中をさすってから部屋を出ていった。

　その日の昼、私は松田先生の運転する車に乗り駅に向かった。乗車券を買うのも先生が手伝ってくれた。

「気を付けてね。待ってるからね」

　と言って、松田先生は改札口で私の肩に手を置いた。私は電車に揺られながらスマホの電源を入れた。待ち受け画面は、夏祭りのときに四人で撮った浴衣姿のものだ。私は一際目を引く容姿をした理子を見た。

　嫌われた。私は理子に嫌われた。どんな言い訳したって無駄だ。理子は私のことを軽蔑している。もう元のようには戻れない。私は世界から色を失った。

　夕方、駅まで迎えに来てくれた母と家に戻った。母は仕事場から来たのだろうか。そんな服装をしていた。

「何があったの？　大丈夫？」

　私は母の言葉に無言を貫いた。帰宅すると、温かいうどんを食べた。母の作るうどんは好きだった。温かい汁に卵とじと小松菜が浮かんでいるだけだが、安心する味だ。

でも、今日は何の味もしなかった。それでも残さず食べ終えると、母はほっとしたような表情をした。そういえば、アメリカでひどい風邪をひいて食欲がなくなったとき、私が「うどんなら食べれると思う」と言うと、母はすぐに遠くの日系の食料品店に行って冷凍うどんを買ってきた。そして、小松菜の代わりにチンゲン菜と卵を載せたうどんを作ってくれた。あのときからずっと、私が体調を崩すと母はうどんを作ってくれる。

部屋に戻ってスマホを見るとびくっとした。理子からメッセージが送られてきていた。私はそれを開くことなく、スマホの電源を切った。

ベッドに寝転がると紗雪さんのことを考えた。紗雪さんはどうしているだろう。私が急にいなくなったことをどう思っているだろう。もう、あんな行動は起こさないだろうか。私は、本当に紗雪さんのことを心配しているのだろうか。心配している自分に酔っているだけなんじゃないだろうか。もし本当に紗雪さんのことを心配しているなら、あの場から逃げ出さずに一緒にいてあげるべきだ。私は、私と同室のときに何か問題が起きることが嫌だとそんな卑怯《ひきょう》なことを心のどこかで思っている。それに、理子に対しても、日記を読んでしまったことを悪いと思うよりも、理子にばれてしまったから後悔しているのだ。

理子が一緒にいてくれない学校生活を考えられないから私は逃げ出した。情けない。

そして恥ずかしい。リップクリームに口をつけたことも、日記を読んだことも、チェックボックスにチェックをつけて削除してしまいたい。私は、相手のことなど何も考えてはいない。すべては自分がかわいいだけなんだ。自分が許せない。自分が嫌いだ。消えてしまいたい。もうあの寮には戻りたくない。

私のこの感情は毒だ。毒はすぐに全身にまわり侵していく。私を黒々したものに塗り替えていく。

廊下から小さなかわいらしい足音が聞こえてきた。続いてドアをカリカリとひっかく音も。ベッドから起き上がりドアを開けると、ルカはさっと部屋に入り私のベッドに飛び乗った。私が優しく撫でると、満足そうにフーッとため息をついた。私は頰をルカのお腹にあてた。呼吸するたびに上下するお腹は柔らかくて温かい。母がインドに行き一人で留守番をしていた数週間、寂しくて不安で仕方がなかったとき、ルカの存在が救いだった。今もまたこの小さな愛すべき存在は私を救い出し浄化しようとしてくれているのかもしれない。ルカは完全に眠りにおちたようで、羽毛布団に包まれていびきをかきはじめた。その姿を見ていると、あまり思い出したくない人、図書室で居眠りしていた湊の寝顔が頭をよぎった。

家に戻ってすぐの頃は、母は優しかった。病人を労るように接してくれた。生理痛で「お腹が痛い」と言うと、物置から湯たんぽを引っ張り出してきてくれた。温かい湯たんぽをお腹にあてていると、痛みがなくなるわけではないのになぜか気持ちが安らぐ。湯たんぽがそうさせるのか、母が世話してくれていることに安心するのか、どちらなのだろう。心が辛いことも「お腹が痛い」って言うように簡単に言えたら楽なのに。「辛いね」って言ってもらって、背中をさすってもらう。私の痛みを理解してくれる人がこの世にいるといないでは、きっと全く違う。

それでも、私は少しずつ気持ちが落ち着いてきた。食べ物の味もだんだん戻ってきて、吐き気もなくなった。

しかし今度は母が不安定になってきた。徐々に不安を募らせた母は、イライラした様子であれこれ詮索してきた。何があったのか、どうして学校に戻りたくないのか、やめる気なのか、これから先のことをどう考えているのか。

「何も言わないんじゃ分からないでしょう」

と声を荒らげることもあった。でも、何をどう言えばいいのかが分からない。私だって、これから先のことを教えてもらいたい。

そのうち、ただ家にいるだけなら家事を手伝え、勉強をしろとも言ってきた。挙句の果てには、食後にお菓子をつまんでいる私を見て、「食べすぎじゃない。食欲すっかり戻ったわね」と嫌味まで言ってくる。食べても食べなくても、色々と言われる。

一度家を出ると、家というのはこんなに居心地の悪いものだったのかと思う。寮は窮屈な面も多々あるが、家より自由でいられる時間も多かった。勉強しようがしまいが、それは自分で判断して自分の責任となった。身の回りの整理整頓も自分の好きなタイミングで取りかかることができた。あまりにぐちゃぐちゃになっていると、探し物が見つからず自分で自分の首を絞める結果となるだけだった。母にため息をつかれたり、何かを言われるごとに、自分のことが本当にダメな人間に思えてどんどん嫌いになっていく。

かといって、あの寮に戻ることも絶対に嫌だった。どこにも居場所がない。スマホを見ると、奈々美と梓からメッセージが来ていた。理子からのメッセージの件数は増えていた。毎日増え続けている。まだ私は忘れられていない。でもいつか、この件数が増えることがなくなるんだろう。もしかすると、「メンバーがいません」と表示される日が来るのかもしれない。そんなことになったら、私はちゃんと息をすることができるんだろうか。

仕事に出かけている母の代わりにベランダで洗濯物を干しているとき、ふとフェンスの外を見下ろした。下は駐車場になっている。私は、このまま高校中退になってしまうのだろうか。私の将来はどうなるのだろう。八階から見下ろすアスファルトは硬く冷たそうで、吸い込まれそうになった。

「真菜」

後ろから鋭い声が聞こえて振り返った。父が部屋の中からこちらを見ていた。顔の表情が硬くなっている。私は肩で息をしていた。父の顔を見ながら呼吸を整えると、

「何？」

と何てことない顔をした。

「あ、いや、洗濯物干してくれてありがとう」

私はベランダから部屋に戻ると、ソファで新聞を読んでいる父に聞いた。

「そういえばお父さん、タバコやめたの？」

昔の父は、食後によくベランダでタバコを吸っていた。

「うん、やめた。ベランダに出られないんだ。足が震えるんだよ」

私は何と言えばいいのか分からなかった。父の味わった本物の恐怖と苦痛は私には想像ができない。

「真菜、お前の名前は、聖書からとったんだよ」

「え？」

父は唐突に切り出した。

「お父さんが通っていた中・高はさ、ミッションスクールで聖書の時間があったんだ。牧師さんが話すことがけっこうおもしろくて、自分でも聖書を読んだりしていた。

色々な悩みを抱えるときだったけど、聖書の中に答えがあるような気もして。一時期、牧師になろうかと思ったこともあったよ」

意外だった。父は有名大学を出ている。ずっと勉強一筋で希望の大学、会社に進んだ人だと思っていた。

「出エジプト記の中で、パンが空から降ってきて、イスラエルの人々がそれを食べるんだ」

「何、それ。パンが空から降ってくるとか、聖書ってファンタジー小説だね」

「ファンタジー小説は、リアリティが大切だよ」

ドキッとした。湊と同じことを言っている。

「聖書がファンタジーなのかどうかは議論したくないんだけど、そのパンだと言われているものがマナという食べ物なんだ。飢え死にしそうだったイスラエルの人たちの宿営の周りに露が降りて、その露が蒸発したものがパンのような食べものになったらしい。イスラエルの人たちはそれをマナと呼んで、四十年の間食べ続けたと書いてある」

「私の名前、食べ物だったんだね」

「うん。みんなを飢え死にから救った恵みの食べ物だよ。お父さんにとっても、真菜は恵みなんだよ。存在が希望なんだ。ただ、いてくれるだけでありがたいんだ」

声を震わす父の顔を見ることができなかった。私は部屋に戻って、「聖書　マナ」と検索した。父の言ったとおりのことが書かれてあった。

「旧約聖書の出エジプト記に出てくる食べ物。荒野で神がイスラエルの民に与えた。それは露として空から降り、蒸発したものが地表を霜のように薄く覆った。人々はこの神から与えられた恵みの食べ物をマナと呼んだ」

そしてもう一つ、お父さんの言っていなかった情報を知った。「人々は初めて目にしたとき『これは何だろう』と口にした。このことから『これは何だろう』を意味するヘブライ語のマナと呼ばれるようになった」

んー？　ちょっと待ってよ。私の名前、「これは何だろう」って意味なの？　何ともかっこ悪いオチだ。私って何だろう。おかしくて笑ってしまった。久々に笑うことができた。

そしてその夜、はじめてスマホの未読メッセージを開いた。奈々美と梓からは、「ごめんね。気づいてあげれなくて」「まな、戻ってきて」「連絡待ってる」というメッセージが来ていた。

理子からのメッセージの数は十六になっていた。「真菜、ごめん」「本当にごめん」「会いたい」「会って話したい」「真菜、お願い」と書かれてあった。新しく描かれたちびドラゴンの絵、そして私の似顔絵の写真もあった。読むだけで胸がいっぱいになって返信することはできなかった。

そのまま二学期の間は学校に戻ることはなく、冬休みに突入した。期末テストを受けることができなかった私は、進級できるのかどうかが分からない状態だった。担任の町田先生からの電話で、各教科から課題を出して送るからそれをきちんとこなして提出するようにと言われた。もし数学で分からないことがあれば電話かメールで僕に聞いてと言ってくれた。そして、三学期は登校してテストも受ければ、進級できる可能性があるということだった。これまでの授業態度や提出物、小テストなどをがんばっていたからだよ、と優しい台詞《せりふ》を言われた。

でも、私にはこれから先の自分が想像できない。考えたくもない。

終業式の数日前に、寮監の松田先生から電話がかかってきた。

「真菜さん、どうしてる？」

どうしてる？　と聞かれて、何と答えればいいのだ。私が返事に困っていると、

「毎日ね、寝る前にあなたのことを考えてる」

と言われた。嘘でしょう、そんなの、と私は思った。何で一日の終わりに私のことなんかを考えるのだ。

「今日は何して過ごしたのかな、いつ戻ってきてくれるかな、って考えてる」

私は余計に何も言えなくなってしまった。口ではどうとでも言える、心配している

ふりだけならいくらだってできる、とねじ曲がったことを考えながらも、松田先生が、雨の日のあとは玄関に置かれたみんなの濡れた傘を広げて干したり、テスト期間中にうどんやおにぎりといった夜食をふるまったりしてくれたのを思い出し、勝手に胸が熱くなった。

「あのね、紗雪さんがあなたと少し話したいと言って、寮監室の前で待っているの。もしあなたがいいと言ってくれたら彼女に代わるけど、どうする？」

紗雪さん。その名前を聞き、無事にいることを知り安心した。何も言わずに家に帰ってしまった私をどう思っているのだろう。

「もし話したくないなら、私からうまく言っておくから大丈夫よ」

「あの、紗雪さん、もう怪我は治ったんですか？」

「ええ。もうすっかり良くなったわよ」

「よかった」

私と話したくて、あの隙間風の入る玄関近くで待っている紗雪さんを想像し心苦しくなったが、

「やっぱり今日はちょっと。うまく話せないと思うので。紗雪さんがいやなわけじゃないんですけど」

と言った。

「そうね。突然で驚かせてしまったわよね。心配しないで。あなたが紗雪さんの怪我を心配して、治ったことを知って安心していたって伝えるのはいいかしら？」

「はい」

「じゃあ、風邪ひかないように気を付けて過ごしてね」

電話を切ったあと、私はなぜだか突き動かされるように自分の机の上を整理して水拭きをした。そして、開けてもいなかった封筒を手に取り、課題のプリントに取りかかった。

クリスマスの夕方になって、母が、

「ケーキどうする？」

と言うので、私が寮で作ったことのある生クリームとビスケットとバナナの簡単なデザートの話をした。すると母が、「作ってみたい」と前のめりになり、二人でキッチンに立った。買いに行かなくても材料がすべてそろっていたことに、母は興奮したらしい。

深さのあるタッパーに、牛乳に浸して柔らかくなったビスケットを敷き詰める。次に薄切りにしたバナナを並べ、泡立てた生クリームを載せる。そしてもう一度、ビスケット、バナナ、生クリームを順番に載せていく。これを冷蔵庫で一時間ほど冷やせば出来上がりだ。理子と二人で作ったデザートだ。

クリスマス前の時計屋のバイトが忙しかった母は、重荷から解放されて嬉しいのか久々に機嫌がよかった。私は、

「そういえばこの間、お父さんから私の名前の由来を聞いたよ」

と言ってみた。

「ああ、空から降ってきたパンのこと？　たしかに名前はお父さんがつけたけど、漢字はお母さんが考えたんだからね」

何を競っているのか、母はそう言った。

「空からパンが降ってくるなんてあり得ないって思ったんだけど、私、空からすごい数の天使が降りてくるのを見たことがある」

「え？　天使？」

洗い物をしていた母が手を止めた。

「うん。小三のとき、トラックに轢《ひ》かれそうになったことがあるじゃん。あのとき、気絶する前に、空を覆いつくすような数の白い羽が生えた天使を見たの。本当にはっきりと」

母は私の話を目を大きく開けて驚いたような顔をして聞いていた。それから、予想外の反応をした。お腹を抱えて笑いはじめたのだ。おかしくて仕方ないのか、ひーひ

ー言っている。いくら何でも失礼だ。天使に命を助けられたのかもしれないという美しい話をしているのに。

「あんた、今までそんなふうに思ってたの」

「え？」

「あー、おかしい。大体ね、トラックに轢かれそうになんてなってないわよ。あのトラックが十分な減速せずに曲がろうとしたものだから横転しちゃって。すごい音と振動だったから、あんたはびっくりして自転車ごとひっくり返ったの」

トラックが目の前まで迫ってきて轢かれそうになったというのは、私の記憶違いだったのか。でも、白い羽の天使は間違いなく見たのだ。それを言うと、

「あれはね、倒れたトラックの積み荷の羽毛布団の羽根が散乱しちゃったのよ。すごい光景だったわよ。処分する古い布団を大量に積んでいたようでね、横倒しになったトラックの周りで、羽根が空にうわーって舞い散っちゃって。運転手さん、呆然って感じでなす術もなく立ち尽くしてた」

母は懐かしい日を思い出すような遠い目をした。

「羽毛布団だったの、あれ」

「うん。そう。たしかに空に漂う白い羽根、きれいだったわね。まあ、お母さんはそれどころじゃなかったけど。地面でのびているあんたをかついで病院に運んでＣＴ検

査して。でも、ヘルメットが割れただけで、かすり傷一つしてなかったけどね」

　何とも間の抜けた話だ。天使の正体が使い古した布団の羽根だったなんて。ファンタジーとリアルは紙一重だ。空からパンが降ることだって、不思議ではないような気がしてきた。そして、まだ笑い続ける母を見て、

（この人には悩みとかないのだろうか）

と思った。一人娘は学校に行けずに家で引きこもり、旦那は自殺未遂を起こして在宅ワーク中。よくこんなに笑っていられるな。でも、こういう人だからこそ、父には必要なのかもしれない。


　十二月二十八日。クリスマスが過ぎて、なんだか物寂しいときだった。理子が家に来た。突然のことだった。家のチャイムが鳴ったとき、心臓がドキンと音を立てた。いつものチャイムの音と違って聞こえたからだ。インターホンのカメラに映る理子を見たとき、私は、またジャンヌ・ダルクを思い出した。

　震える手で通話ボタンを押した。

「なんで……」

「真菜？　突然、ごめんね。会えるかな？」

　小さな画面に映る理子は、不安そうな顔をしていた。

私は玄関から飛び出した。思考が停止していたのかもしれない。エレベーターの前を通り過ぎ、なぜか階段をかけ下りていた。でも途中で、こんな毛玉だらけのセーターなんかじゃなくて、もうちょっといい服に着替えれば良かったと後悔した。

理子は、ダッフルコートを着て大きなリュックサックを背負い、インターホンの前で真っすぐ立っていた。私はしばらく信じられず、理子を呆然と眺めた。

「久しぶり」

理子は明るく、でも少し困ったように笑った。

「どうして家が分かったの？」

「え？　住所から調べて。ほら、夏休みに誕生日プレゼントをくれたでしょう」

ああ、そうか。そんなときがあった。すごく昔のことに思える。

「どうして、わざわざ」

理子の家からここまで来るには時間もお金もかかる。

「このまま真菜に会えなくなったらどうしようと思って」

理子は一歩私に近づいた。

「真菜、ごめんね」

「そんな……。私が、……っ、私が、勝手に日記を読んだのが悪いのに。本当に最低なことをした」

こらえきれずに私は口を押さえて泣いた。

「あのね、私、真菜に言わなくちゃいけないことがある。真菜は私に秘密を打ち明けてくれたのに、私は自分のことは話さなかったから。ずるいやつなんだ」

私たちは近所のカラオケ店に入った。家には在宅ワーク中の父がいるし、ファーストフード店は親子連れが多く騒がしかったからだ。カラオケ店に足を踏み入れたのが初めてなので私はシステムが分からずまごついていると、理子が店員と話して部屋が決まった。隣の部屋からの歌声が漏れる部屋で私は理子から話を聞いた。

「私ね、みんなに嘘をついていることがあるの」

細く長いため息をついたあと、

「私のお父さんね、スペイン人らしい。何も覚えてないんだけどね」

理子は自虐的に笑った。

「普通だったら、生まれたばかりの娘とその母親を捨てた人間のこと、良くは思わないでしょう。恨んだり、あるいは何も考えないようにしたりとか。でもね、私は色々と想像しちゃうの。お父さんは、そうせざるを得ない状況だったんだ、何かよっぽどの理由があったんだ、とか。そして、すごく格好いいお父さんを思い描いちゃう。家にお父さんの写真は数枚しかないんだけど、背が高くて眼鏡をかけていて、優しそうに笑ってる。本当はどこかで私のことをいつも見守っていて、いざとなったら駆け付けてくれるんじゃないか、って。まるで足長おじさんみたいな。そんなはずないのに。お母さんは看護師で、私を養ってくれている。おじいちゃんとおばあちゃんもいるしね。寂しくはなかった。

でも小さいときからずっと周りの人に色々と言われた。外国人。片親しかいない子ども。お父さんはどこにいるの？ って。ハーフっていいよね、羨ましいって言ってくる人もいたけど、ハーフって半分って意味だよ。それのどこがいいのって思ってた。もちろん、言ってる人に悪気はないのは知ってる。私の目の色とかを本気でほめてくれてるのも分かってた。小さいときは、もっと外国人っぽい顔してたしね。でもね、それが本当に嫌だった。お母さんと一緒にいても、みんなが私を見て父親を想像するの。だから、環境が変わったとき、私は自分を純粋な日本人にすることにしたんだ。父親が外国人のときは、みんな色々と詮索してきたのに、父親を日本人にしたら、誰も父親のことを聞いてこないの。おかしいよね。

それでね、あの日記。あれは、私が、どこかにいる私の素敵なお父さんに向けて書いていているメッセージなの。バカみたいでしょう。いつまでたっても、自分がお姫様のようなそんな夢物語から抜け出せないの。現実から目を背けたいの。だから、恥ずかしくて、情けなくて……」

理子は泣いていた。膝の上で握りしめている拳に涙が落ちた。私は手を伸ばして理子の手を握った。いつか、理子が力強く私の手を握りしめてくれたように。

日が暮れるまで、小さな部屋で甘い炭酸ジュースを飲み、冷めたポテトを食べながら過ごした。一曲も歌は歌わなかった。カラオケ店を出て、理子に今日はこれからどうするのかと聞くと、どこかのビジネスホテルに泊まると言う。

「友達のところに泊まりに行ってくるって言って出ちゃったんだ」

理子は申し訳なさそうな顔をした。私は母に電話して、今から友達を連れて帰ってもいいか、できれば泊めたいんだけど、と聞いた。仕事から帰宅したばかりの母は驚いていたが、

「分かった。連れてらっしゃい」

と言ってすぐに電話が切れた。多分、大急ぎで部屋の片づけに取りかかっているのだろう。私は理子を連れて家に帰った。母は、

「理子ちゃんね。会いたかった」

と言って喜んだ。家に引きこもっていた私のことをずっと心配していたはずだ。友達が会いに来てくれたことを心底喜んでいる様子だった。

みんなで鍋を囲んだ。父と母と理子と私。この四人で鍋を食べていることがすごく不思議だった。理子の家にも電話を入れた。母はいつもより高い声で、理子のお母さんと話をしていた。

私の部屋のラグの上に理子のための布団を敷いた。理子がいる。私の部屋に理子がいる。そう思うと、じわじわと驚きと感動が押し寄せてきた。

「マンションって暖かいね。うちの家は築五十年だから、廊下とか脱衣所とか寒くて」

お風呂上がりの理子の頰は赤くなりかわいらしかった。ルカが理子の膝の上で猫のように丸くなっている。枕の形を整えていた私は、理子に向き直って言った。

「私、理子に依存していたと思う。私は自分のことが嫌いで、お父さんがあんなことになっても、お父さんのことを心配するよりも怒りとかこれから先の不安とかばかりで。一か月入学が遅れて、居心地悪くて、友達なんかできっこないって拗ねて。そしてそれは全部自分のせいじゃないのにって思って、努力しようとする気もなかった。

でも、理子が友達になってくれて、理子が友達でいてくれる以上、自分には価値があるようなそんな気になってた。理子がいてくれれば大丈夫って、そんなふうに思ってた。ごめんね、重いよね。それに、自分本位だよね。こんな自分が本当に嫌だ」

「それだったら、私も真菜に依存していたところあるよ。だって、真菜がいなくなった途端、絵本が進まなくなっちゃった。依存するのって決して悪いことじゃないと思う。私は日記を書くことにも依存してるし、絵を描くことにも依存してる。そうしていると不安が和らぐし、自分の居場所を感じるし」

理子は、ルカの背中を撫でながら続けた。

「でも、真菜は自分のことを嫌いにならないで。真菜が真菜のことを嫌いになるのは、私が傷つく」

「理子が？」

「うん。大切な友達が大好きな友達を嫌ってるみたいでさ」

私はその言葉に胸がいっぱいになった。

「……でも、自分のことを好きになるのって、難しいよね。私はこの容姿がずっと嫌だったしね」

羨ましいくらい手足が長くて、高くて形の整った鼻と大きな二重瞼の理子は、嫌味など感じさせずそんなことを言った。理子は小さい頃からずっと、私には想像できないほどの好奇の目に晒《さら》されてきたのだろう。それを我慢して、時には自分の気持ちに蓋をして……。

「真菜はいいところいっぱいあるよ。かわいいし、優しいし、英語が得意だし。あと、文章を書くのがすごく上手い」

「そんなことないよ。かわいいっていうのは、理子の色眼鏡だよ。私の優しさは偽物だし、英語は留学すればこのくらいできるようになる人はたくさんいるし、文章を書くのは好きってだけ。あ、でも一個だけあるかも。自分で気にいってるところ」

「え？　何？」

「これ、ここのほくろ」

私はパジャマの袖をめくって、右腕にあるほくろを見せた。二つの目と大きな鼻に見えるそのほくろは、コアラの顔にそっくりだった。

「コアラ！　かわいいー。いいなー」

「でしょ。時々、話しかけてる」

私たちは顔を見合わせて笑った。ルカはうるさそうな顔をして、部屋から出ていってしまった。やれやれ、僕の仕事もやっと終わった、とでも言っているようだ。私が寮から逃げ出してきてから、毎晩一緒に過ごしてくれたルカ。

「あー、うずうずする」

理子は突然リュックサックの中をまさぐりはじめ、一本のペンを手に取った。

「どうしたの？」

「顔描きたい。描かせて」

理子はまるで鞘《さや》から刀を抜くように、黒ペンのキャップを開けた。

「えー」

「水性だから、お願い」

私は理子の真剣な顔を見て、噴き出してしまった。理子は、目と鼻だけだったコア

ラに顔の輪郭と大きな耳を足した。とぼけた顔をしたコアラは何とも愛らしくて、私と理子は、

「かわいいー」

と言いながらのけぞった。

私は二の腕のコアラを優しく撫でた。そうすることで、自分を愛してあげているような気になった。まずは、一つ。ここから増やしていけばいいのかもしれない。

＊

初雪が降ったのは、年が明けてからだった。この冬一番の寒さとなった三学期の帰寮日、父は休みを取り、私を車で新幹線の駅まで送ってくれた。駅のロータリーに停めると思っていたのに、わざわざ車をコインパーキングに停め、改札口まで見送りに来てくれた。

「ありがとう。じゃあね」

父からスーツケースを受け取り、人の列に加わろうとしたとき、

「気をつけてな。もしも……」

「え？　なに？」

父の声がよく聞き取れなくて振り返った。

「もしも家に帰りたくなったら、いつでも帰っておいで。一人で我慢しすぎるな」

私は父の顔をじっと見たあと、

「お父さんが言うと説得力がある」

と笑って言った。父もその言葉に恥ずかしそうに笑い、

「そうだろう」

と頷いた。

こんなふうに、父と笑って話せるようになるなんて思いもしなかった。

「じゃあ、行ってきます」

「行ってらっしゃい」

私はたくさんの人が行き交う中、父に大きく手を振った。


雪のせいで三十分以上も遅れた電車を降り駅のホームに立つと、足が止まってしまった。学校までバスに乗ってあと少しと思うと、心がざわつく。あの集団の中に私はまた溶け込むことができるだろうか。中学校のときは、学校がどんなに嫌でも昼過ぎには家というシェルターに戻れる、という気持ちがあった。でも、寮には逃げ場はない。紗雪さんには、どんな顔をして会えばいいんだろう。奈々美や梓たちは、前と変

わらず接してくれるだろうか。気まずい空気になってしまったらどうしよう。遅れてしまった勉強だって、ついていけるんだろうか。

（今ならまだ引き返せる）、そんな声が頭の中でする。

「真菜」

自分の名前を呼ぶ大きな声が聞こえてはっと顔を上げると、改札口の向こうで手を振る理子の姿が見えた。

マフラーを首にぐるぐる巻き、白い息を吐く理子が立っている。私は気づいたら、理子に向かって走っていた。

「待っててくれたの？」

「うん」

「ごめん。電車すごく遅れちゃって」

「知ってる。大丈夫だよ」

あとちょっとで暗い場所に気持ちが沈んでしまいそうだったところを、理子が摑んで引き上げてくれた。

バスに揺られながら、斜め前の席に座る小さな子どもが窓の結露に絵を描いている様子を眺めた。電車のような乗り物に翼が生えている絵を夢中で描いている。

理子がリュックサックの中からガムを取り出すと、一つは私に渡し、もう一つは自分の口に放り込んだ。理子のリュックサックの中に、茶色のスケッチブックカバーが入っているのが見えた。

「あのね、理子、笑わないでね」

「ん？　笑わないよ」

「前に湊がさ、ファンタジーだからこそリアルな感じが欲しいって言ってたでしょう」

「うん。言ってたね」

「あれを聞いて思い出したことがあるんだ。私、小さいとき、生きてないものと話したことがあるの」

「生きてないもの？　何？」

「トイレットペーパー」

「トイレットペーパー？」

「あ、今、笑った」

「笑ってない」

「いや、笑ってた」

「ごめん。真菜って時々、予想外のことを言い出すから。それで、トイレットペーパーと何を話したの？」

「小学校から嫌なことがあって帰ってきたとき、トイレに入ってトイレットペーパーを引っ張り出したら、いつもだったらカラカラって音がするのに、そのときは、『おかえり』って聞こえたの。私が『ただいま』って言ったら、『おかえり』ってまた言ってくれて。何度も何度も。それが嬉しくてトイレットペーパーを出し過ぎて、トイレが詰まっちゃってね。お母さんに怒られて、修理業者が来て直してた」

理子はこらえきれずに笑い出した。

「たしかに今の話、ファンタジーとリアルが共存してる」

私は、勇気を出してつぶやいた。この気持ちが理子に届くように願いを込めて。

「理子。私、絵本また一緒に作りたい」

理子は驚いたような顔をした。

「うん。もちろん、そのつもりだった」

バスが停まり、絵を描いていた子どもが、

「まだなの！　まだとちゅうなの！」

と叫びながら、母親に手を引かれて降りていった。

「そうだよな。気がすむまで描きたいよな」

ひとり言のようにつぶやく理子に、私は自分の気持ちを素直に言葉にした。

「絵本もね、気がすむまで、納得できるまでやりたい。何より、楽しいの。理子と絵本のことを考えている時間が」

吸い込まれそうになるような瞳で、理子は私を見つめてきた。そして、理子にしては珍しく、照れたように頰を緩ませた。


坂道を上っていくと、道の先に、雪に覆われた白い屋根の鈴蘭寮が現れた。玄関の前では松田先生が雪かきをしている。

大きな荷物を抱えた寮生たちの賑やかで甲高い声が響き渡り、雪を溶かしてしまいそうなほどの熱を帯びている。

私は、一度は逃げ出した場所に帰ってくることができた。

隣を歩いていた理子が私の気持ちに気づいたのか、

「おかえり」

と言って、口を大きく横に広げて笑った。

私は前を見つめて、よし、と自分に言い聞かせるように、

「ただいま」

と声に出した。

一月七日

今日から日記をつけようと思う。そしていつの日か、小説を書きたいと思っている。時間が経つと、こんなに色々な気持ちが私の中で蠢《うごめ》いているのに、忘れてしまうはずだから。これからも、空からパンが降ってきたり、天使が舞い降りてきたり、想像もしないようなことがあると思う。どうしようもなく嫌なことや恥ずかしいことがあって、そして、救われることも起きるんだと思う。

私のような人は、きっと他にもいる。私が何度も手を差し伸べてもらったように、私も言葉を届けたい。

文芸社文庫NEO

いつか天使が舞い降りる

二〇二五年一月十五日　初版第一刷発行

著　者　いそのなほこ
発行者　瓜谷綱延
発行所　株式会社　文芸社
〒一六〇－〇〇二二
東京都新宿区新宿一－一〇－一
電話　〇三－五三六九－三〇六〇（代表）
〇三－五三六九－二二九九（販売）
印刷所　ＴＯＰＰＡＮクロレ株式会社

ISBN978-4-286-25898-0